하품의 언덕

하품의 언덕

문보영 소설집

세상을 이해하는 것보다
세상을 지어내는 게 더 편했던 거야.

차례

현관에 사는 사람 ..9

책말이 1 – 표지 버리기 ..18

다족류 ..24

책말이 2 – 반대로 말기 ..38

하품의 언덕 ..44

책말이 3 – 거꾸로 읽기 ..77

킴볼트 시리 간미영의 일생 ..87

책말이 4 – 결합 풀기 ..96

쫄지 않는 나의 세상 ..102

책말이 5 - 사라지기 ..125

비변화 ..131

책말이 6 - 영원히 읽기 ..157

비가 셀까? 포옹이 셀까? ..165

책말이 7 - 떠나기 ..173

비사랑꿈 ..181

책말이 8 - 기억 버리기 ..187

해설: 그런데 한 장의 책을 영원히 읽을 수도 있다_금정연 ..201

현관에 사는 사람

여자는 마을로 이사 온 후, 한 번을 제외하고 집을 나가지 않았다. 그녀는 밖을 두려워했는데 그만큼 안도 두려워했다. 그래서 현관에 살았다. 집 안에 있으면 죽고 싶고 밖으로 나가면 정신이 미칠 것 같아 경계를 찾아 보금자리를 마련했다. 그녀는 집 전체가 필요하지 않았으므로 현관만 있는 집을 구하고 싶었다. 그런데 세상에 그런 집은 없으므로 누군가의 현관에 세 들어 살아야 했는데 현관만 빌려주는 사람은 없었다. 더구나 현관에 살면, 그 집에 사는 사람들은 현관을 사용할 수 없으므로 창문을 통해 밖으로 나가야 할 것이고, 따라서 신발은 자기 방에 두어야 하는데, 그러면 방바닥이 더러워져 신경이 쓰일 터였다. 결국 그녀는 가족에게 빌붙어 살아야 했다. 하지만 그건 왠지 자존심이 상했다. 그래서 여자는 과식을 한 뒤 변기에 음식을 게워냈다. 토를 하고 나자 그녀는 자신의 나약함에 온정을 느꼈고 그 힘으로 가족에게 구걸해 볼 수 있었다.

7년 만의 연락이었다. 여자는 노부모와 그들을 부양하는 언니에게 연락했다. 여자의 언니는 그녀가 만나본 사람 중 가장 강한 인간이었다. 어렸을 때 여자는 언니와 산책을 하다가 길바닥에서 등이 딱딱한, 작고 까만 벌레를 마주쳤다. 그녀는 정신없이 움직이는 벌레를 가리키며 "레코드판이 우주를 틀고 있어."라고 말했다. 그것은 약간 정신 나간 말이었는데 옆에 있던 언니는 동생의 말을 신중하게 따져본 뒤, 벌레가 사라지자 "그렇다."고 대답했다. 한 가지 무서운 사실은 언니가 '그렇다'라고 대답한 인간이면서 동시에 어느 박스 회사에서 주 5일 근무를 하는 인간으로 자랐다는 점이다. 여자가 보기에 둘 중 하나만 하는 사람이나 둘 다 못 하는 사람은 있었지만 둘 다(벌레를 보며 레코드판이 우주를 돌고 있다고 외치는 동생의 말에 진심으로 동조하는 동시에 박스 회사에 성실하게 출근하는 일) 해내는 인간은 언니가 유일했고 그 사실이 여자를 소름 끼치게 했다.

가족이 작은 마을로 이사를 간 건 박스 회사에서 언니를 지방으로 전근시켰기 때문이었다. 언니는 오랫동안 성실한 근무를 했고 큰 성과는 아니었지만 나름의 결실을 내왔다. 그럼에도 불구하고 회사는 알 수 없는 이유로 언니를 개가 많고 사람이 거의 살지 않는 작은 마을로 보내버렸다. 하지만 언니는 억울해하지 않았다. 그리고 그곳에서도 그녀는 가족의 생계를 책임졌다.

여자는 가족을 따라 개가 많은 마을로 이사를 왔다. 그런데 마을로 이사 온 후 여자의 현관병(안과 밖에 대한 공포증)은 악화됐다. 그녀는 현관에서 잠을 잤으며 볼일은 현관 구석에 놓인 요강에 봤다. 그리고 가족들의 눈치가 보여 일을 하기 시작했다. 여자는 인형에게 눈알 붙이는 일을 했다, 현관에서.

언니는 늘 검정 손목시계를 차고 다녔다. 방에서 손목시계를 들고 나와 현관으로 오는 동안 손목에 시계를 둘렀으며 신발에 발을 넣을 때 시계의 줄이 다 채워졌다. 그것은 왜인지 여자의 마음을 평온하게 했다. 그런데 언니의 시계는 죽은 시계로, 시곗바늘이 언제나 두 시를 가리키고 있었다. 그것 또한 왜인지 여자의 마음을 차분하게 가라앉혔는데 이유는 알 수 없었다.

여자는 인형에 눈알을 붙이러 현관으로 출퇴근을 했다. 출근을 해도 현관, 퇴근을 해도 현관이었지만 말이다. 그녀는 종일 인형에 눈알을 붙였다. 눈이 아플 때는 현관 벽에 붙여 놓은 창문 그림을 바라보았다. 진짜 창문은 밖을 연상시켜서 두렵지만, 그림 속 창문은 가짜 밖을 보여주었고, 그녀는 가짜 밖이 가능하다는 믿음에 빠져 살았다.

그녀는 언젠가 병이 말끔히 나아서 현관이 아닌 공간에서 살 수 있기를 바랐다. 그러다 여자는 현관이라는 게 왜 있는지, 무슨 쓸모가 있으며 누가 발명했는지 궁금했다. 안과 밖을 경계 없이 바짝 붙여 놓으면 처음 만난 햄스터들처럼 구분되지 않을 정도로 한 몸이 되어 서로를 물어뜯고 죽일 것이다. 밖에서 시간을 보낸 사람이 갑자기 안으로 들어오는 것은 한 종류의 변화인데, 자던 인간이 벌떡 일어나면 갑자기 쓰러져 뇌출혈로 사망할 수도 있듯 변화란 늘 천천히 일어날수록 좋을 것이었다. 현관은 충격 완화라는 역할을 하는 게 아닐까? 여자는 생각했다. 그것은 일종의 과도기형 구조물이라고. 한 공간에서 다른 공간으로 건너가도록 돕는 다리처럼 과정이라는 기능을 담당하는 구조물 같은 거라고. 여자가 보기에 밖에서 안으로 혹은 안에서 밖으로 나가는 행위는 삶과 사후 세계를 드나드는 것과 다를 바 없는데 어찌해서 인간들은 죽고 살기를 매일같이 반복할 수 있는지, 심하면 그것을 즐기기까지 하고 나아가 그 과정에서 삶의 활력을 되찾는지 그녀는 궁금했다. 그것을 돕는 것이 바로 현관의 일인지도 몰랐다. 그러므로 삶을 유지하는 비법은 현관에 있다고 여자는 생각했다. '현관은 집의 급소이자 보물이다. 현관을 잘 관리하면 정신병도 낫는다.' 그래서 여자는 꿈꿨다. 현관을 다리 모양으로 만드는 꿈을. 현관이 다리처럼 길고 넓다면 그만큼 인간의 정신병도 완화될 것이었다. 가령 현관을 절벽과 절벽을 잇는 흔들다리 모양으로 지으면 어떨까? 집으로 들어왔을 때 그리고 밖으로 나갈 때 어딘가 안전히 도착한 기분이 들 것이다. 문득 그녀는 자신이 집의 중추를 관리하고 있다는 기쁨에 젖었다.

어느 날 여자는 방이나 거실처럼, 현관에도 진짜 창문이 있었으면 했다.

그녀는 현관에 걸린 창문 그림을 바라보았다. 그림 속 창문 너머에는 넓은 들이 있고, 들 위에는 이젤이 놓여 있다. 이젤에는 작은 그림 한 점이 걸려 있는데 그림 속에는 한 아이가 있다. 발가벗은 아이는 한 손에 소라 껍데기를 쥐고 있으며 다른 한 손으로는 거대한 도화지의 한 모서리를 들추고 있다. 그런데 그림 속에서 푸른 도화지는 바다의 표면이다. 그리고 그 아래는 텅 비어서 신발이나 감자 광주리를 보관할 수도 있다. 푸른 종이는 일종의 천막이어서 그늘이 지며, 그 아래서 커다란 개가 낮잠을 즐기고 있다. 그림은 정지되어 있으므로 그림 속에서는 앞으로 가는 사람도 보기에 따라 뒤로 걷는 사람으로 보인다. 아이는 푸른 종이의 끝을 잡고 있다. 그런데 아이가 푸른 종이를 들춰 개를 구경하려는 건지, 아니면 종이를 내려놓아 개에게 덮어주려는 건지 알 수 없다. 현관에 사는 사람은 그게 좋았다. 그림에는 선후랄 게 없다는 게. 무엇이 앞에 있었고 무엇이 뒤에 있는지 모를 수 있다는 점이.

그렇게 그림 속 들판을 바라보고 있자니 그녀는 진짜 창문을 보고 싶었다. 그래서 여자는 언니가 출근한 사이 은근슬쩍 노모에게 물었다. 현관에 창을 내줄 수 있는지. 그러나 노모는 그녀의 말을 귓등으로 들으며 정강이와 팔꿈치 부근에 밴드를 붙였다. "마을에 개가 많아서, 원⋯." 노모가 말했다. 그러나 여자는 노모의 정강이에 상처가 없다는 걸 알고 있었다. 그건 마을의 풍습 같은 거였다. 며칠 전 여자는 정강이에 밴드를 붙이던 노부를 보며 뭘 하느냐고 물었다. "개에게 이미 물렸다면 지나가던 개들이 안 건드린단다. 일종의 위장술이지. 카멜레온의 보호색 같은. 언젠가 인류는 다친 채 태어날 거야. 정강이에 칼자국이 나 있거나 팔에 깊은 흉터가 난 채로. 다른 존재의 연민이 생존에 이롭기 때문이지. 인간이 감정의 동물이라는 건 바로 그런 뜻이란다. 인간이 장차 상처 인간으로 진화할 가능성 말이야." 여자는 바깥으로 나다니는 가족이 딱했다.

노부모가 어딜 나다니는지 몰랐지만 그들은 바깥출입이 잦았고 집으로 돌아왔을 때 "오늘도 개가 많은 하루였지." 혹은 "오늘도 유난히 개가 많았어."라고 하루를 요약했다. 마을에서 밴드를 붙이지 않는 사람은 언니가 유일했다. 여자는 자신의 현관설(현관이 집의 중추이고 가족의 건강과 안녕을 도모한다는)에서 빠져나와 현관 바닥에 널브러진 다 쓴 접착제와 삐뚤빼뚤한 인형 눈알들 그리고 실밥을 바라보았다. 눈이 있을 때와 없을 때 보이는 것에 차이가 없을 듯한 인형들. 그녀는 뚜껑으로 요강을 닫았다.(두꺼운 양장본 책을 뚜껑으로 사용했다.) 현관에서는 종종 오줌 지린내가 났다. 그녀는 갑자기 현관이 종양 같았고, 현관을 넓히는 것은 병을 키우는 것이라는 생각이 들었다. 여자는 갑자기 자신감을 잃었다. 그래서 여자는 신발장 정리(그녀가 가족을 위해 하는 유일한 일)를 했다. 여자는 가족이 외출할 때 신발을 내주었는데 다들 신발이 한 켤레밖에 없으므로 대화가 필요하지 않았다.

　어느 날, 여자는 노부모와 언니가 싸우는 소리를 들었다. 그녀는 집 어딘가(그녀는 집에 들어간 적이 거의 없어서 그곳에 얼마나 많은 방이 있는지 몰랐다.)에서 나는 소리에 귀를 기울였다. 왜인지 그림 속 가짜 창문에 다가갈수록 더 잘 들리는 것 같았다.

"나는 못 해요."

언니가 말했다.

"네 동생 꼴을 좀 봐라. 점점 미쳐가고 있어…"

노모가 말했다.

"지금으로도 충분해요."

"뭐가 충분하다는 거지?"

노부가 외쳤다.

"이 마을에는 개뿐이야. 언제든 우리를 공격할 수 있어. 지금 벌이로는 우리를 먹여 살릴 수 없단다."

노모가 애원했다.

"저는 재미가 없는 걸 할 수 없어요."

"너는 그게 가족보다 더 중요하다는 거니?"

노부가 거의 울었다.

"얘야, 세상에 재미있는 것만 하며 사는 사람은 없단다. 모두가 안 하고 싶은 걸 하며 사는 거야."

노부가 말했다.

"저라고 안 하고 싶은 걸 안 하고 싶어서 안 하는 줄 아시나요. 안 하고 싶은 건 못 하는 인생이 얼마나 자살에 가까운지, 그런 삶을 상상할 수 있나요.”

자살이라는 말에 노부는 충격을 받았다.

“애야, 우린 네가 필요해.”

노모가 말했다. 그것이 전부였다. 여자는 창밖을 바라보았다. 그러면 마치 벽 뒤에 공간이 있는 것 같았다.

다음 날 언니는 눈이 퉁퉁 부은 채 출근했다. 손목의 시계가 보이지 않았다. 그날 오전, 노부부는 밖으로 나가지 않고 집 어딘가에서 종일 쑥덕거렸다. 오후가 되자 노부모는 여느 날과 같이 몸 구석구석 밴드를 붙이고 붕대를 감은 채 외출했다. 현관의 여자는 혼자였다.

그날 밤 노부모는 작은 정육각형 상자를 들고 귀가했다. 그리고 그것을 집 어딘가에 놓는 소리가 들렸다. 현관에서는 뭐든 잘 들렸기 때문에. 몇 시간 후, 언니가 귀가했다. 그리고 방으로 들어갔는데 갑자기 비명을 내질렀다. 그녀의 날카로운 비명은 상자 안에 뭔가 끔찍한 것이 들어 있다는 사실을 암시했다. 노부모가 그날, 개가 많은 어느 시계 수리점에 들러 오랫동안 멈춰 있던 언니의 시계를 고쳐 온 것이었다. 그녀가 매일 차던 검정 시계는 다시 돌기 시작했다. 똑딱똑딱 소리를 내면서. 방에서 언니가 비명을 내질렀다.

“이 시계가 멈출 때까지 또 얼마나 많은 시간이 지나야 하나요. 제가 그 시간을 어떻게 감당할 수 있냔 말이에요!”

16

그것은 언니가 마지막으로 남긴 말이었다. 다음 날 언니는 사라졌다. 언니가 사라진 날 노부부는 개에게 물렸는지 온몸에 피를 흘리며 집으로 돌아왔다. 집에는 개가 없는데 개에게 잡아먹히지 않기 위해 자신들의 몸에 진짜 상처를 내고서.

표지 버리기

질문) 도이람 작가님은 평소 책을 찢어서 읽고, 가볍게 버리고 오시는데요. 그런 방식으로 책을 읽는 이유는 무엇인가요?

여행을 다닐 땐 책이 무거워서 그날 읽을 분량만큼 책을 찢은 후 돌돌 말아 끈으로 묶어 주머니에 넣고 다닙니다. 고대 양피지 두루마리처럼요. 책이 처음 생겨났을 때의 모습대로요. 한 장씩 떼어내 읽습니다. 한 장은 완전한 책이기도 합니다. 낱장은 책이라는 맥락에서 떼어진 또 다른 책이에요. 책에서 꺼낸 또 다른 책이죠. 읽을 때마다 한 장씩 버리기 때문에, 책을 읽을수록 몸이 가벼워져요.

책을 읽으면서 동시에 책과 헤어지기 때문에 좋은 구절은 필사하거나 외웁니다. 마음에 드는 문단은 스크랩해 일기장에 붙이거나 여행을 하다 만난 사람에게 선물합니다.

책을 찢어서 읽으면 책을 더 많이 감각할 수 있습니다. 찢고, 붙이고, 돌돌 말고, 컵 받침 아래 접어서 깔아두고 (종업원들이 종종 팁이라 착각하고는 실망합니다.) 나뭇가지 위에 가만히 올려봅니다. 책이지만 가벼워서 떨어지지 않아요. 책을 찢으면 책의 많은 부위를 만져볼 수 있습니다. 다 읽으면 반으로 접어 컵 아래 깔아둡니다. 오늘 읽은 우편물 같습니다. 나는 어떤 하루를 상상합니다. 작은 마을에 해가 뜨고 아침이 옵니다. 상상 속에서 나는 지붕이 낮고 창이 큰 집에 살아요. 아침이 오면 잠옷 차림으로 나가 배달된 신문과 우편을 챙겨 들어옵니다. 토스트를 굽고, 우유를 끓이고, 커튼을 엽니다. 그리고 커피 한 잔을 들고 둥근 테이블로 가죠. 따뜻한 커피를 마시며 신문을 읽고, 아직 하루를 살지도 않았는데 일기를 쓰고, 가져온 우편물을 뜯어보지는 않고 누가 보냈는지 확인만 한 다음 테이블 가장자리에 쌓아놓습니다. 그런 하루의 시작을 소망해요. 머그잔 아래 깔린 책의 낱장들은 저에게 없는 어떤 아침과 같습니다.

책을 그날 읽을 만큼 찢어 돌돌 말아 줄로 묶거나 마스킹 테이프를 붙입니다. 책을 찢어서 읽으면 제가 어떤 책을 읽는지 들키지 않아요. 표지가 드러나지 않으니까요. 나는 나를 숨길 수 있어요. 따라서 저의 독서는 표지 버리기에서 시작합니다.

책을 읽다 보면 더 이상 표지가 기억나지 않아요. 언젠가 한 친구에게서 책을 한 권 선물받았어요. 예전에 읽은 책이었는데 알아보지 못했어요. 표지 없이 읽어서 기억을 못 한 거예요. 나

중이 되어서야 제가 그 책을 두 번 읽었다는 사실을 알게 되었죠.

나는 책을 상대하는 사람이 아니라 책의 낱장과 대화하는 사람이에요. 책을 찢으면 책의 생김새가 다 똑같아서 이 책과 저 책이 구분되지 않습니다. 나는 이것과 저것을 구별하지 않음에 서서히 중독됩니다.

책을 찢어서 읽어보세요. 아무도 당신을 책벌레라고 놀리지 않을 거예요. 애초에 당신이 책을 읽고 있다고 생각하지 못할 테니까요. 그냥, 종이접기 같은 걸 한다고 생각할 거예요. 제가 매일 방문하는, 치앙마이의 카페 아르떼 점원은 돌돌 말린 책과 노는 저를 한 달간 관찰한 후 이렇게 묻더군요.

"Are you a researcher? (연구자세요?)"

그래서 나는 대답했어요.

"Yes, I am an insect researcher. (저는 벌레 학자입니다.)"

책을 찢어서 읽으면 책은 매일매일 끝납니다. 한 권의 책은 마지막 장에서 끝나지만, 찢어 읽으면 그냥 나날이 끝나는 겁니다. 끝을 할부로 갚는 거예요. 책이 아주 끝날 때는 가슴이 아프니까 나눠서 해보는 겁니다. 나무 아래 앉아, 돌돌 말아 챙겨온 책뭉치를 읽습니다. 어, 벌써 끝났네. 어, 또 끝났어. 중얼거립니다. 이 중얼거림을 열 번에서 열다섯 번 정도 반복하면 책은 정말 끝이 납니다. 작은 끝을 모아 큰 끝을 받아들입니다.

마지막 끝도 처음 끝과 구별되지 않습니다. 모두 끝날 땐 똑같이 끝나고 똑같이 슬퍼요. 나는 구별하지 않음에 서서히 중독됩니다.

저는 이제 책을 읽을 수 없게 되었어요. 한 권으로 묶인 온전한 책을요. 읽다가 언제 멈춰야 할지 감이 잡히지 않거든요. 나는 끝을 조절할 수 없습니다. 책을 찢어서 읽으면 연속극처럼 끝을 당합니다. 읽다가 더 읽고 싶어도, 다음 편이 궁금해도 더 읽을 수 없어요. 그저 기다려야 해요. 뒷부분은 집에 있거든요. 책을 리필하려면 집에 가야 하는데, 집은 지옥이잖아요. 그래서 그냥 거기서 끝냅니다. 오늘 가져온 책말이가 동나면 끝인 거예요. 하루에 두 번 끝나는 건 괴로우니까 여기서 멈춥니다. 친구와 통화를 할 때, 언제 끝내야 할지 모르겠어서 어색하게 수화기를 붙잡고 있는데 배터리가 나가서 통화가 강제로 종료될 때처럼 나는 안심해요. 저는 언제 끝날지 선택하는 것보다 차라리 끝을 당하는 편을 선호합니다.

제가 오늘 집에서 가져온 책은 책의 일부이기 때문에 결말은 알 수 없어요. 책의 결말은 집에 놔두고 왔거든요. 토끼가 육지에 간을 두고 온 것처럼요. 나는 내가 어디까지 읽었는지 모릅니다. 내가 상대하는 것은 낱장의 종이일 뿐이라 지금 읽는 부분이 책의 어느 부분인지 알 수 없어요. 나는 언제나 이야기의 한복판에 있을 뿐이에요. 이곳이 이야기의 초반인지 중반인지 후반인지 알 수 없어요. 나는 내가 어디에 있는지 모르죠. 내일은 어떻게 될까? 이 인물은 어떻게 될까? 죽겠지? 버림받거나?
이야기가 모자라서 궁금합니다. 그러나 다음 날 나는 어제 읽
은 이야기를 몽땅 까먹어요. 나는 어제로부터 달아납니다.

　책을 그날 읽을 분량만큼 찢어 다니기 때문에, 이야기가 온
전한 문장으로 시작하는 날은 드물답니다. 오늘 가져온 책은
이렇게 시작해요.

　-에서 떠나지 않았다.

어디에서 떠나지 않았다는 걸까요. 기억나지 않는군요.

페루에서 떠나지 않았다.
마음에서 떠나지 않았다.
냉장고에서 떠나지 않았다.
농담에서 떠나지 않았다.

　내 멋대로 지어내요. 문장이 온전하지 못하기에 다른 이야
기에서 시작할 수 있어요. 나는 이제 아주 무거운 책도 읽을 수
있습니다. 찢어서 읽으면 솜사탕처럼 가볍거든요. 읽기 할부가
가능합니다. 당신도 책에 대한 상처가 있나요? 책에 맞은 적이
있나요? 어느 날 갑자기 글자가 칼로 변해 온몸을 찌른 적은
없나요? 저는 책에 두들겨 맞은 적이 있습니다. 끔찍했어요. 책

모서리에 몇 대 맞고 자리에서 정신을 잃었죠. 그날 이후, 책만 보면 칼이나 망치가 떠올랐어요. 아니면 절벽에서 떨어지는 바위요. 달리는 버스에서 바깥 풍경을 바라볼 때, 세상이 한 꺼풀 벗겨지면서 삭막해질 때가 있지 않나요? 친구가 그랬어요. 버스 안에서 갑자기 위胃가 위아래로 움직인다고요. 목구멍까지 올라오는 것 같대요. 그래서 친구는 위를 토할 것 같아서 자꾸 침을 삼켰대요. 나도 그랬어요. 그래서 책으로부터 도망쳤어요. 책이 처음부터 낱장으로 존재했다면 누군가를 때릴 수 있는 흉기가 될 일은 없었을 텐데요. 책을 찢어요. 그러면 책을 읽으면서 책을 보지 않을 수 있잖아요. 그렇게 아주 조금씩 나는 책에게 다가가요. 책과의 관계를 회복해요. 내가 가장 사랑했던 존재가 책이었으니까요. 책에서 낱장의 종이를 풀어줍니다. 구합니다. 밖으로 꺼냅니다. 책을 찢고, 좋아하는 문장을 외우고, 따라 쓰고, 소리 내어 읽어요. 구겨진 종이와 함께 산책을 하다가 나뭇가지에 올려놓고, 작별 인사는 안 하고 돌아섭니다.

그렇게 책을 방목합니다.

다족류

I

몽모헝 씨는 아무것도 하고 싶지 않았다. 하지만 아무것도 하고 싶지 않은 것을 하고 싶은 것은 아니었다. 그래서 숲으로 갔다. 그녀는 그곳에서 장작을 패는 사람을 마주쳤는데 그는 몽모헝 씨를 보자마자 장작을 바닥에 떨어뜨리고는 뒷걸음질 쳐 도망쳤다. 몽모헝 씨는 부리나케 그를 쫓아가 뒷덜미를 잡았다. 그리고 갈 곳이 없으니 하루만 재워달라고 부탁했다. 장작을 패던 자의 이름은 싸흑쎌르로 그는 늙은 시인과 함께 숲속의 오두막에 살고 있었다. 오두막에는 늙은 시인과 그녀의 제자들이 있었다. 싸흑쎌르도 시인의 일곱 제자 중 한 명이었다.

싸흑쎌르는 몽모헝 씨를 오두막으로 데리고 갔다. 그곳에서 몽모헝 씨는 오두막의 시인을 보게 되는데 머리카락이 하얘서 꼭 산신령 같았다. 게다가 그녀의 머리카락은 작은 키에 비해 너무 길어서 바닥을 쓸 정도였다. 기이한 점은 그녀가 정신없이 돌아다닌다는 것이었다. 마치 다리가 수십 개 달린 것 같았다. 가만히 있는 것을 참을 수 없다는 듯이, 멈추는 순간 온몸에 먼지가 내려앉을까 두렵다는 듯이 그녀는 돌아다녔다. 시인은 펄펄 끓는 물 같았다.

"그녀는 뾰족하고 삐뚤빼뚤했어."

이것은 몽모헝 씨가 숲에서 살아 돌아온 뒤 백발의 시인을 떠올리며 중얼거린 문장이다.

숲속의 시인은 허리가 굽었고 뼈가 앙상했다. 빛나지 않는 두 눈은 머리카락에 가려 보이지 않았고, 움푹 패어 있었는데 왠지 뭔가를 덜 보고 싶어 하는 듯했다. 그것은 세상을 무대 뒤에서 보고 싶어 하는 눈이었다.

시인은 어딘가에 정신이 팔려 있었기 때문에, 몽모헝 씨를 알은체조차 하지 않았다. 그럴 여유가 없었기 때문이다. 다른 사람의 눈에는 그녀가 집에서 길을 잃은 사람처럼 보였겠지만 본인은 나름의 질서 속에서 돌아다니는 것인지도 몰랐다. 몽모헝 씨가 인사를 하기 위해 그녀 앞으로 다가갔는데 시인은 본체만체했다. 몽모헝 씨는 그녀가 눈이 먼 것이 아닐까 해서 그녀의 얼굴에 대고 '짝!' 박수를 쳤다. 그러자 장발의 시인은 깜짝 놀란 다람쥐처럼 허리를 꼿꼿이 펴더니 그 자리에서 얼음처럼 굳었고 그제야 몽모헝 씨와 시선이 마주쳤다. 두 눈이 마주친 순간에 그녀는 다람쥐나 다족류가 아니라 제정신인 사람,

그것도 아주 오래 살아서 삶의 구석구석에 통달한 자의 눈빛을 내비쳤다. 그러나 2초도 지나지 않아 그녀는 다시 다족류처럼 발 빠르게 돌아다니기 시작했고 눈빛은 다시 어린애와 같은 눈빛으로 돌아갔다. 어떻게 보면 시인은 청소 비슷한 것을 하는 듯했는데 자세히 보면 그 행위는 청소라기보단 물건들의 자리 재배치에 가까웠고, 그 와중에 시인은 뭔가를 찾고 있는 것도 같았지만, 몽모헝 씨로서는 그녀가 찾고 있는 게 무엇인지 알 수 없었으므로 그녀를 도울 수 없었다.

그녀로 인해 집 안의 사물들은 꾸준히 자리가 뒤바뀌었다. 서쪽에 놓인 낡은 소파는 동쪽으로 옮겨졌고, 목제 진열장 세 번째 칸에 놓인 (손잡이가 용인) 순동 찻주전자는 목제 진열장 일 층에 놓인 (신주와 원목으로 제작된) 지구본으로 교체되었다. 그녀는 먼지떨이로 창틀의 먼지를 휘휘 털고는 (이 행위로 인해 먼지떨이는 본래의 위치를 상실하고 소파 아래로 이동하게 된다.) 창틀에 놓여 있던 재떨이를 집어 들었다. 고대 상형 문자가 각인된 청동 재떨이의 바닥에는 파라오가 그려져 있고, 파라오는 유리구슬 네 알의 호위를 받으며 서쪽을 바라보고 있었다. 시인은 재떨이를 줄 달린 안경 옆에 놓았다. 몽모헝 씨는 그녀를 따라다니며 사물들의 옮김에 어떤 규칙이 있는지 연구했지만 시인의 '사물 옮김'은 완전히 비논리적이었으며 주먹구구식이었다.

몽모헝 씨는 시인의 책상으로 다가가 청동 재떨이를 들어보왔다. 그러자 지그재그로 달리는 시인을 피해 이곳저곳으로 옮겨 다니던 일곱 제자들이 일시에 몽모형 씨에게 불쾌한 시선을 보냈는데 싸흑쎌르가 안심해도 좋다는 뜻으로 고개를 끄덕였다. 몽모형 씨가 집어 든 재떨이의 바닥에는 오른쪽으로 고개를 돌린 파라오가 각인되어 있었고 재떨이의 오른쪽 날개에는 파라오와 같은 방향으로 고개를 돌린 시종이, 그리고 왼쪽 날개에는 파라오와 반대편으로 고개를 돌린 시종이 새겨져 있었다. 어느 방향으로 고개를 돌리고 있건 간에 그들은 모두 옆모습만을 보여주고 있었다. '이집트 사람들은 왜 무조건 옆을 보는 사람을 그렸을까?' 몽모형 씨는 재떨이를 보며 생각했다. '정면이 두려웠던 걸까? 정면을 바라보는 존재를 그리면 그림에서 튀어나올 것 같아서 옆모습으로 가둬버린 건가. 자신이 그린 존재가 영원히 그림 속에서만 살기를 염원하는 마음에서 동물이건 사람이건 모두 옆모습으로 그린 건가?' 몽모형 씨는 생각했다. 고개를 돌린 사람들은 고독해 보였다. 옆모습만을 보여주는 것은 숲속의 시인도 마찬가지였다. '옆모습만 보이는 사람은 왠지 고독해 보여. 그런데 그 사람은 사실 고독한 게 아닐지도 몰라. 그런데 누가 나를 정면으로 쳐다보는 것이란 뭐고 옆모습으로 보는 건 뭐고 옆모습만 보여주면서 동시에 다른 곳을 바라보고 있다는 건 또 무얼까.' 몽모형 씨는 생각했다. 수십 회의 달리기와 숨 돌리기 후 식사를 하기 위해 식탁에 앉은 스승을 일곱 제자들은 그저 바라만 보았다.

가로로 긴 나무 식탁에는 은박 포장지로 싸인 소금과 포크가 놓여 있었다. 시인은 연약한 동물을 잡아먹는 포식자처럼 고개를 처박고 게걸스럽게 소금을 먹어치웠다. 그녀는 정확히 4분 17초 동안 식사를 했다. 식사를 마친 후, 그녀는 포장지를 살포시 구긴 다음 깃발을 꽂듯 그 위에 포크를 꽂았다. 식사를 마쳤으니 다시 일을 하러 가겠다는 신호 같았다. 일곱 제자는 그녀가 식사를 마칠 때까지 꿈쩍 않고 식탁을 지켰다. 그리고 그녀가 잠들었을 때, 제자들은 난롯가에 모여 달걀을 삶아 나눠 먹었다.

　식사를 마친 시인은 다시 달렸다. 집은 달리라고 있는 공간이 아닌데 그녀를 보고 있으면 집은 달리라고 있는 공간 같았다. 그녀는 끊임없이 집의 사물들을 옮겼다. 움직이지 않으면 근육이 굳어버리는 사람의 몸을 움직여 주듯, 집을 대신해 집의 근육을 사용하는 것 같았다. 집이 굳지 않게 말이다. 그럼에도 불구하고 그녀가 절대 건들지 않는 사물이 하나 있었다. 그것은 책장 위에 놓인 조각상이었다. 그러나 건들지 않는 것이 아니라 건들 수 없을 뿐이었다. 손이 닿질 않았던 것이다. 시인은 너무 늙어 허리가 많이 굽었고 그래서 조각에 손이 닿질 않아 의자를 밟고 올라가야 했는데 어떤 의자로도 가능하지 않았다. 이상하게도 어떤 의자에 올라가도 조각에 손이 닿지 않던 것이다. 시무룩해진 시인은 머리를 떨군 채, 좀 전에 거처를 옮긴 재떨이를 매만졌다. 제자들은 스승의 뒷모습을 망연히 바라보았다. 제자들은 스승의 뒷모습만 보면 갑자기 정신을 차리게 되었고 이상한 감정에 시달렸으며 그날은 악몽을 꿨다. 제자들이 할 일은 시인을 그 조각에게 바래다주는 것이었다. 그건 쉬운 일이 아니었다. 그들은 의자를 구하러 숲으로 갔다. 몽모형 씨도 귀신에 홀린 것처럼 의자를 구하러 숲으로 갔다.

'이 의자는 어떤가요, 이 의자는 어떤가요.' 그들은 숲에서 구해온 의자들을 시인에게 보여주었다. 하지만 어떤 의자도 그녀를 책장 꼭대기에 놓인 사물에 데려다주지 못했다. 어느 날 숲속의 시인이 곤히 잠들었을 때, 여덟 제자는 난롯불 앞에 앉아 몸을 덥히며 달걀을 까먹고 있었는데 그들 중 하나가 '왜 의자 따위를 그녀에게 가져다 바치는지 모르겠군.' 하고 말했다. 그러자 여덟 제자 중 하나가 '그녀를 의자에 바래다주는 여정이 시다.'라고 말했고, 나머지 제자들이 그렇게 따지면 세상에 시가 아닌 게 뭐냐고 항의했다. 조각은 책장 꼭대기에서 그들을 내려다보고 있었다. 자신이 그곳에 있다는 표를 내지 않고서. '저것은 혹시 새가 아닐까?' 여덟 제자 중 하나가 난로에 장작을 하나 던졌다. '날 수 있다면 오래전에 날아가 버렸겠지.' 여덟 제자 중 눈가에 점이 있는 자가 대답했다. '날지 않으면 왜 손이 닿질 않는 거지?' 또 한 명이 물었다. '의자에 올라가거나 사다리를 탄다고 해서 새를 잡을 순 없지 않지 않은가. 그러니 저건 새일세. 새라서 의자에 올라가도 잡을 수 없는 거야.' 싸흑쏀르가 난로에 손을 가까이 가져가며 말했다. '새는 뼛속이 비어서 가볍기 때문에 날 수 있다네. 비어서 날 수 있지. 게다가 그들의 깃털은 지나가는 걸 잘하게끔 만들어졌어.' 또 한 명의 제자가 말했다. '나는 뭐든 해볼 생각이야'. 몽모헝 씨가 입안의 달걀을 우물거리며 속으로 말했다. 그들은 다음 날에도, 그다음 날에도 의자를 구해왔다.

　이튿날도 어김없이 시인의 청소는 시작되었다. 그녀가 돌아다닐 때 방해물이 되지 않는 것이 여덟 제자의 지상 과제인 것 같았다. 그러나 그들은 어딘가에는 있어야 했고, 그러나 어디에 있든 장발의 시인은 사정없이 돌아다녔는데, 시인은 한 번이라도 제자들이 그녀의 이동에 방해가 될 시에는 불같이 화를 냈고, 그녀의 화는 너무나도 무섭고 잔인해서 그녀의 성난 얼굴을 정면에서 목격한 자는 사흘을 앓는다고 했다. 그날 밤이었다. 배가 고팠던 몽모헝 씨는 시인이 잠들기 전에 달걀을 삶으러 몰래 부엌으로 가 물을 끓였다. 까치발을 들고 주전자를 옮기고 있었는데 뭔가가 다다다닥 달려왔다. 몽모헝 씨는 커다란 입과 크게 뜨인 눈과 정면으로 마주쳤다. 그 순간 몽모헝 씨는 못 박힌 듯 꼼짝할 수 없었다. 그녀는 세상에서 가장 커다란 눈을 보았다. 얼굴 전체를 덮는 머리카락 사이로 보이는 시인의 빛나는 눈은 감방 창살 사이로 보이는 커다란 달과 같았다. 그 달을 보는 순간 몽모헝 씨는 자신이 17년간 감방에 수감되어 있었다는 유사 기억에 시달렸고 감옥에서 당장 탈출하고 싶다는 충동이 일었으나 혼자의 힘으로는 나갈 수 없다는 느낌을

받았다. 시인의 움푹 팬 눈은 이제 아주 크게 뜨였고 원한다면
튀어나올 것 같았다. 그 눈은 무대 위로 성큼성큼 올라와 자기
자신을 전시하는 듯했다. 몽모형 씨는 두 눈을 질끈 감았다. 그
러나 한 번 본 달은 눈을 감으니 더욱 선명하고 거대해져서 그
녀의 몸뚱어리를 집어삼킬 것 같았다. 그녀는 들고 있던 물 끓
는 주전자의 손잡이를 질끈 잡았다. 이제 누가 도와주러 오지
않는 한 그녀는 영영 두 눈을 뜨지 못할 것이었다.

II

시간이 얼마나 흘렀는지 알 수 없었다. 몽모형 씨는 눈을 감
은 채 창살의 달이 지기를 기다렸다. 그러나 그녀는 달이 지고
도 한참 동안 창살을 바라보았다. 그때, 누군가 다가와 그녀의
어깨에 손을 얹었다. "왜 그래. 괜찮아?" 싸흑쎌르였다. 몽모형
씨는 천천히 눈을 떴다. 그런데 눈을 뜨는 게 왠지 아쉬웠다.
싸흑쎌르는 그녀가 겪은 일을 단박에 알아보고는 몽모형 씨
의 손에 들린 주전자(물은 식어 있다)를 식탁에 놓고 그녀의 등
을 쓸어주었다. 그러나 몽모형 씨는 다시 눈을 감고 싶었고 창
살의 달을 볼 수 있었으면 했다. 그래서 눈을 꽉 감았는데 아무
것도 보이지 않았다. 그랬다. 눈을 감으면 그저 깜깜했다. 이제
몽모형 씨는 눈을 감는 게 심심하다는 사실을 깨달아 버린 것
이다. 어떤 강렬한 공포를 느껴 눈을 감았을 때에만 내면의 눈
은 창살의 달과 같은 흥미로운 영상을 내놓았다.

싸흑쎌르는 몽모형 씨를 볏단으로 만든 잠자리에 눕히고 따뜻한 담요를 덮어주었다. "잠이 안 와도 눈을 붙이는 게 좋을 거야." 싸흑쎌르가 걱정 어린 눈으로 몽모형 씨를 바라보았다. 그녀는 눈을 감았다. 내면의 눈은 아무것도 보여주지 않았지만, 몽모형 씨는 창살의 달을 기억하려고 애썼다. 그녀는 성난 시인의 커다란 눈과 맞닥뜨렸을 때 난생처음 무서움이라는 감정을 느꼈는데 그 감정의 뒷면은 시원함이었다. 공포는 몽모형 씨의 내면에 얽혀 있던 매듭을 삽시간에 풀어주었다. 그녀는 무섭다는 감정을 시원하다는 감정과 같이 배운 것인데, 그것을 싸흑쎌르에게 어떻게 설명해야 할지 몰라서 그냥 두 눈을 감았다. 제자들의 걱정과 달리 몽모형 씨는 쿨쿨 잤다. 공포를 이불 삼아 덮고서.

다음 날 몽모형 씨는 꼭두새벽에 일어나 다른 제자들과 함께 장작과 의자를 구하러 숲으로 갔다. 그들이 돌아왔을 때 장발의 시인은 역시나 하염없이 돌아다니고 있었다. 비포장도로를 달리는 달구지처럼 달그락거리며. 그녀는 어젯밤 누군가를 겁준 만큼 젊어진 것 같았고 (그렇다면 시인은 타인의 겁을 먹고 사는 존재인 걸까.) 어제보다 더 빠르고 괴상하고 예측 불가한 경로로 돌아다녔다. 그래서 여덟 제자들은 쉴 틈이 없었다. 몽모형 씨가 보기에 그들은 일종의 골키퍼였는데, 공을 절대 건드리면 안 되는 골키퍼였다. 누군가 끊임없이 공을 차지만 절대로 막으면 안 되는 임무가 주어진 것이다. 날아오는 공을 방해해서도 건드려서도 안 되는 골키퍼의 운명. 그들은 시인과 마주치거나 부딪히지 않는 훈련을 하는 것 같았다. '방해물이 되지 않는 연습' 같은 건데, 가만 보면 언젠가 한 번쯤 제대로 마주치기 위해 그러는 것인지도 몰랐다. '어쩌면 이 오두막에 사는 자들은 공포라는 감정에 중독되어 버린 걸지도 모르지.' 몽모헝 씨는 은밀히 생각했다. '그것은 한번 맛보면 잊을 수 없는 맛이니까.' 그녀는 은밀한 생각을 이어나갔다.

장발의 시인은 격자무늬 카펫을 돌돌 말아 벽에 기대어 놓은 다음 창가로 돌진했다. 그다음엔 책장으로 달려갔다. 조각은 책장의 꼭대기에 고요히 앉아 있었다. 여덟 제자 중 하나가 그녀에게 의자를 내주었다. 그다음 또 다른 제자가 의자를 내주었고 또 다른 한 명이 의자를 내주었다. 의자를 주고, 주고, 주었다. 조각에 닿으려는 시인의 모습은 애를 낳는 모습과 비슷했다. 힘을 더 주세요! 더! 더! 여덟 명의 산파에게 둘러싸여 무언가를 낳는 시인의 얼굴은 쳐다보기 미안할 정도로 구겨져 있었다.

책장 위의 조각은 비스듬히 앉아 두 다리를 동쪽으로 겹쳐 뻗고, 반대편 팔로 몸을 지탱하고 있다. 그리고 남은 손은 동쪽에서 다가오는 누군가를 막으려는 듯 뻗어 있다.

조각은 고개를 숙이고 있는데 얼굴이 물이 되어 이마에서부터 흘러내리고 있다. 조각의 상반신은 네 층의 서랍이 쌓여 있는 구조다. 서랍은 모두 활짝 열려 있다. 그러나 이마에서부터 쏟아지는 물은 서랍에 담기지 못한 채 그저 넘치고 있다. 담을 수 없다는 게 뭔지 보여주려는 듯, 박탈감이 어떤 모습인지 보여주려는 듯. 자신은 아무것도 담아두고 싶지 않다고, 정수리로부터 쏟아져 내려오는 이것을 내 몸이 아닌 곳으로 멀리멀리 보내주고 싶다고, 어디론가 가버리도록 돕고 싶을 뿐이라고 조각은 외치는 듯하다. 그런데 어딘가에 담기지 못하는 박탈감은 몽모헝 씨의 것도 시인의 것도 제자들의 것도 조각의 것도 아니며 그 누구의 것도 아니어서 이상한 쾌감이 있었다. 그것은 다만 넘쳐흐르고 있다. '절제하지 않는 맛이 있군.' 몽모헝 씨는 생각했다. '물은 그저 흐를 줄밖에 몰라. 물은 참 무능하구나, 혼자서는 아무것도 못 해.' 몽모헝 씨는 물을 탓해보았다. 아무 데도 쓰이지 않고 그저 통과, 통과, 통과하기만을 고집하는 물. 어쨌든 자신과 달리 어디론가 가버리고 있는 저 물이 약간은 부럽다고 몽모헝 씨는 생각했다.

조각을 보자 몽모헝 씨는 어떤 기억이 떠올랐다. 한 건물의 화장실에 들어가던 몽모헝 씨는 화장실 입구에서 "뭐라구요? 뭐라구요?" 하고 혼잣말을 하며 황급히 뛰어 나오는 한 남자를 마주쳤다. 그런데 물을 쓰고 수도를 잠그지 않아서 콸콸 쏟아지고 있었다. 하지만 남자 화장실이라 몽모헝 씨는 어쩔 수 없었다. 물 흐르는 소리는 여자 화장실에서도 들렸다. 볼일을 다 본 몽모헝 씨는 가던 길을 가려고 했다. 그런데 잠그지 않은 수도꼭지를 지나치기가 영 찜찜했다. 콸콸 흐르는 물은 잠가야 할 것 같으니까. '남자 화장실에 들어갈 수는 없는걸. 사람을 기다렸다가 물을 잠그라고 일러주어야 하나. 그런데 누가 오면 어차피 수도를 쓰고 물을 잠그지 않을까. 자연히 그치는 거라면 굳이 여기서 기다릴 필요가 없지 않을까.' 몽모헝 씨는 남자 화장실 앞에 우두커니 서서, 혼자서는 멈출 수 없는 물을 바라보며 물은 참 무능하구나, 혼자서는 아무것도 못 해, 하고 물을 탓해보았다. 흐르는 물은 빠져나가기, 빠져나가기, 빠져나가기만을 하고 있었다. 누구의 손을 씻기는 데 쓰이지 않고 그저 구멍을 통과해 어디론가 가는 물. 자신과 달리 어디론가 황급히 가버리는 물이 몽모헝 씨는 약간 부럽기도 했다. 그런데 몽모헝 씨는 이상한 의문이 들었다. "뭐라구요?" 하고 말하며 황급히 어디론가 가던 남자는 사실 연기를 하고 있었던 게 아닐까? 흐르는 게 그치지 않았으면 해서 말이야. 자신이 떠나도 계속 흘렀으면 좋겠어서, 멈추지 않고 쏟아지길 바라서.' 그리고 몽모헝 씨는 쏟아지는 물을 바라볼 수는 있지만 잠글 수는 없는 금지된 자로서 콸콸 쏟아지며 낭비되는 물을 바라보았다. 뭔가 쏟아지고 있는데 담기지 못하는 모습을 보여주는 책상 위의 조각은 사실 담는 것에 실패하는 모습을 보여주는 게 아니라, 흐르는 게 그치지 않았으면 하는 갈망과 아무것도 담고 싶지 않다는 소망을 보여주는 게 아닐까, 하고 그녀는 생각했다. 조각은 정수리로부터 쏟아져 내려오는 물을 몸의 파인 길을 따라 보내버리고 싶어 하는 듯했다. 몽모헝 씨는 숲에서 가져온 의

다족류 35

자를 내려놓고 그 위에 앉았다.

여덟 제자들이 시인에게 의자를 대주고 있다. 그녀는 의자에 오른다. 조각을 향해 손을 뻗는다. 실패한다. 또 다른 의자. 오른다. 손을 뻗는다. 닿지 않는다. 다른 의자. 뻗는다. 실패한다. 시인은 고개를 젓는다. 아니라고, 아니라고, 아니라고. 그녀는 이제 눈물을 흘리며 울부짖는다. 아니라고, 이게 아니라고. 모든 게 아니었다고. 창밖은 어둡다. 그러나 서리가 껴서 약간 밝아 보인다. 시인은 혼이 빠진 채 다시 다족류처럼 돌아다닌다. 몽모헝 씨는 식탁을 쾅, 하고 내리쳤다. 그리고 외친다. "사세요, 사세요, 사세요, 사세요. 살아가세요, 그것 없이." 나머지 일곱 제자는 고개를 숙이며 손에 들린 의자를 바닥에 내려놓았다. 누군가에게 살라고 외치는 몽모헝 씨를 바라보면서. 그러나 살라는 애원을 자기 자신이 아니라 타인을 향해 하고 있다는 점은 몽모헝 씨의 입장에서 발전이라고 할 만한 것이었다. 그녀는 정수리에서부터 솟구쳐 쏟아지는 마음을 이제 더 이상 내면에 담지 않고 그저 흘려버렸다. 그녀는 그것이 아름답게 흘러가도록 돕고 있다는 기쁨을 느꼈다.

그다음 날도, 그다음 해에도, 몽모헝 씨는 오래도록 그 작은 오두막에 살았다. 작은 집에서 시인은 벌레처럼 돌아다녔고 여덟 제자들은 그녀를 도왔으며 동시에 그들 자신을 도왔다. 그들은 살아갔다. 손에 닿지 않는 것을 바라보는 시인을 바라보며. 어느 날 여덟 제자 중 하나가 시인에게 의자를 가져다주었다. 너무 많이 돌아다니고 옮겨져 이제는 더 이상 살고 싶어 하지 않아 보이는, 오두막집 구석에 있던 오래된 의자였다. 다리 길이가 제각각이어서 엉덩이가 불편했다. 시인은 낡은 의자에 올라 조각을 향해 두 팔을 뻗었다. 팔을 쭉 뻗어도 팔의 주름은 그대로였다. 그녀의 손이 조각에 닿을 듯했다. 그 모습을 여덟 제자들이 힘겹게 바라보았다. 순간, 그녀는 여덟 제자들의 눈앞에서 감쪽같이 사라져 버렸다. 그녀는 셀 수 없이 많은 다리를 가졌기 때문에 한순간에 사라질 수 있었을 것이다. 마치 안 보이는 뒷문을 통해 살그머니 빠져나가듯. 그녀는 어딘가에 맡겨진 것이다.

'그녀는 확실히, 비겁한 종류의 인간은 아니었다.' 남겨진 제자들은 난롯불 앞에서 몸을 데우며 오늘날까지도 말한다.

반대로 말기

책이 저절로 열리는 순간은 고무줄이 끊어질 때나 마스킹 테이프의 접착력이 다할 때다. 책은 '꽉!' 하고 열린다. 말려 있던 탓에 완벽하게 펴지지 못하는 그것은 원통의 문이기도 하다. 귀여운 회전문. 회전문의 좋은 점은 들어가는 척하면서 들어가지 않을 수 있고 나가는 척하면서 나가지 않을 수 있다는 점이다. 원하면 그 안에 영원히 갇힐 수도 있다.

말린 책을 잘 펴고 싶을 때, 말았던 방향과 반대 방향으로 만다. 독서의 첫 단계는 반대로 말기다. 그것은 펴기이며, 펴기는 균형의 문제다. 책을 뒤로 만다. 사건 현장에서 용의자의 두 손을 허리 뒤로 잡아 수갑을 채우듯.

열린 책을 다시 말아 망원경으로 사용할 수도 있다. 먼 곳을 보기 위해서. 오늘 꿈에 아주 넓은 침대가 나왔다. 한 침대에 누운 사람을 찾으려면 망원경을 꺼내야 할 만큼 넓은 침대였다. 나는 그 침대에 누워 오래오래 책을 읽었고 오래오래 살았다.

캐리어에서 새로운 책을 꺼내 읽을 만큼 찢었다. 책을 찢자 책은 불완전해진다. 책과 나의 균형이 맞았다.

◆

내가 태국에 온 것은 친구가 죽었기 때문이다. 누가 죽었기 때문에 나는 난생처음 여행을 떠났다. 빠이에서 치앙마이로 돌아오는 길은 137km로, 762개의 고개가 이어진다. 같은 길인데 갈 때보다 돌아올 때 한 시간이 더 소요된다. 같은 길인데 돌아올 때 더 오래 걸리는 이유가 이해되지 않는다.

하지만 나는 미니밴의 조수석에 앉은 덕에 하염없이 펼쳐지는 풍경을 극장처럼 바라볼 수 있었다. 웃을 때 도드라지는, 친구의 눈과 코 사이의 주름이 떠올랐다. 치앙마이에 도착하자마자 샤워부터 했다. 그리고 타페 게이트로 나갔다.

밤이다.

치앙마이에는 올드 시티를 감싸는 정사각형의 벽이 있다. 동쪽 벽에는 타페 게이트가 있다. 벽은 작은 관광지이다. 사람들은 올드 시티를 감싸는 이 거대한 벽을 사랑한다. 밤이 되면 사람들은 벽 앞으로 모여 공연을 즐기거나 원데이 마켓을 구경하고, 사랑하는 사람과 벽 앞에서 사진을 찍으며 추억을 남긴다.

타페 게이트를 통과하면 올드 시티가 시작된다. 밤이 되면 올드 시티를 둘러싼 이 벽은 시내에서 가장 안전하다. 벽 안쪽은 골목이어서 음침하고 상점과 식당은 문을 일찍 닫는다. 바깥은 유흥가이고 오토바이가 쌩쌩 달린다.

벽은 아무것도 보호하지 않고 자기 자신만을 보호한다. 벽이 안전하다는 것은, 벽이 자기 이외의 존재에는 무심한다는 사실을 의미한다. 벽은 자기를 잘 지키므로 벽을 따라 걸으면 안전하다. 위험한 밤거리를 걸을 때, 자기 자신을 잘 지키는 인간 옆에 개처럼 붙어 있으면 안전하듯. 따라서 혼자 여행하는 사람들은 벽이 잘 보이는 숙소를 선호한다. 어둠이 깔리면 나는 무조건 벽이 어디 있는지 살핀 뒤 벽이 보이는 식당에서 저녁을 해결하고 벽을 따라 집으로 돌아온다. '벽만 따라 걸으면 돼'라는 말을 주문처럼 외우며. 걷다 보면 어느새 숙소에 도착해 있다.

위에서 내려다 봤을 때 올드 시티는 정사각형이므로 벽만 따라 걸으면 내가 있던 곳으로 돌아갈 수 있다. 사실 원뿐만 아니라 네모에도 순환 기능이 있고 육각형에도, 팔각형에도, 나아가 별 모양에게도 순환의 성질이 있다. 사방이 막힌 구조는 모두 돌고 돈다. '지구는 둥그니까 자꾸자꾸 걸어나가면 온 세상 어린이를 다 만나고 오겠네'라는 가사로 불안을 조장하는 동요는 사실 지구가 둥글지 않더라도 가능하다. 지구는 네모니까 자꾸자꾸 걸어 나가면 온 세상 어린이를 다 만나고 오겠네, 지구는 팔각형이니까 자꾸자꾸 걸어 나가면 온 세상 어린이를 다 만나고 오겠네. 어린이가 온 세상 어린이를 다 만나면 대인 기피증이 생길 것이다. 지구가 어떤 모양이든 그리고 우리가 원하든 원하지 않든 온 세상 사람은 다 만나게 되어 있는데 그것이 삶의 고통스러운 부분이다. 벽에 손을 대고 걷는다. 어느새 집이다. 벽만 따라 걸으면 딴 길로 샐 일도 없고 지도에 의지할 필요도 없다. 벽은 우리를 무사히 집으로 데려다준다.

타페 게이트 앞에서 한 서양인이 마술쇼를 하고 있었다. 마술사도 벽에 홀려 이곳으로 흘러들어온 사람 중 하나일 것이다. 마술사 앞에는 접이식 의자가 하나 놓여 있는데 용도는 알 수 없다. 그는 작은 의자와 함께 세상을 여행하는 모양이었다. 마술사는 자신의 이름을 여러 번 언급하며 지금 우리가 타페 게이트 앞에 있다고 말했다. 그는 자신은 예술가이며 세상을 돌아다니며 사람들을 즐겁게 해주기 위해 산다고 말했다.

"그러니 내 예술을 지지해 줘. (Please, support my art.)"

벽 앞의 마술사는 말했다. 그러더니 마술사는 접이식 의자에 놓인 갈색 주머니에서 카드 한 벌을 꺼냈다.

퍼포먼스를 사랑하는 이 마술사가 벽의 무대적 속성을 알아차리기란 어려운 일이 아니었을 것이다. 타페 게이트는 밤이면 바닥에 주황색 조명이 켜진다. 벽이 사람이라면, 발등에 불이 켜진 모습이다. 그 풍경은 연극의 무대 조명을 방불케 한다. 바닥의 조명이 하늘을 향해 켜지기 때문에 발과 다리가 부각되고 얼굴에는 그늘이 지기 때문이다. 그래서 벽 앞을 걸어 다니는 것만으로 (원하든 원치 않든) 누구나 연극인이 된다.

사람들은 밤이면 벽으로 모여든다. 올드 시티를 감싸는 정사각형은 강와 벽이 교차하며 이어진다. 벽은 밤에 인기가 많고, 강은 낮에 인기가 좋다. 낮에는 강이 안전하고 밤에는 벽이 가장 안전하기 때문이다. 낮에는 강에 빠져도 티가 나지만 밤에는 아무도 모르기 때문에. 하지만 벽 앞에서 무슨 일이 일어나면 모두가 안다. 결국, 벽 앞에서 무슨 심각한 일이 벌어질 수 있겠는가? 다 연극일 뿐인데.

마술사는 의자 위에 올려놓은 벽돌색 털 깔개 위에 놓인 카드 더미에서 한 장을 집고 예의 멘트를 반복했다. "나는 당신을 즐겁게 해주고 싶은데 제발 나의 예술을 지지해 줄래?" 같은 멘트를 반복하니 그럴싸한 쇼처럼 느껴졌다. 마술사는 카드 한 장을 타페 게이트의 벽 너머로 던지겠다고 말한다. 그는 게이트에서 약 10~15m 떨어진 위치에 서 있다. 타페 게이트의 입구는 뻥 뚫려 있다. 따라서 아무도 카드가 벽 너머로 넘어가는 것을 막지 않지만 사람들은 작은 카드가 벽을 넘어 사라지는 모습을 보고 싶어 하는 듯했다. 마술사는 한쪽 다리를 뒤로 디디고 카운트다운을 한 뒤 카드를 날렸다. 힘껏. 카드는 홀로 날았다. 그것도 꽤 높고 멀리. 그러나 벽 앞에서 추락했다. 마술사는 의도된 연습 게임이었다는 듯 웃으며 다른 카드를 집었다. 마술사들이 본격적으로 마술을 보여주기 전에 미끼로 의도된 실수를 하듯. 그러나 두 번째 카드는 역풍을 맞아 구경꾼들 사이에 곤두박질쳤고, 한 소녀가 카드를 주워 마술사에게 돌려주었다. 세 번째 카드 또한 멀리 날았지만 벽에 부딪혀 떨어졌다. 의자 위에 남아 있는 카드의 개수는 앞으로 실패할 횟수를 암시했다. 나는 문득 울컥했다. '이거 좀 멋진데?' 나는 이곳에 친구를 데려오지 못한 게 슬펐다. 함께 보면 좋았을 것이다. 벽 너머로 카드를 날렸는데 실패하는 마술을. 마술사가 자신의 예술을 지지해 줄 수 있겠느냐고 묻는 멘트를 반복하며 주황색 비닐 백을 들고 돌아다니자 사람들이 돈을 주었다. 다들 이런 마술은 처음 보았기 때문이었다. 카드를 날렸는데 벽을 넘지 못하는 마술.

나는 친구가 죽었기 때문에 이곳으로 흘러왔고 아무도 죽지 않는 벽 앞에 서 있다.

하품의 언덕

1. 하품－인간

헤르츠 나인 남서부에는 하품의 언덕이 있다. 언덕의 꼭대기에 이르면 기이한 현상이 벌어져 하품의 언덕이라 부른다. 꼭대기에 이르면 발바닥에서부터 소름이 돋기 시작해 커다란 기체 혹은 영혼이 몸 밖으로 나가는데, 그 기체(혹은 영혼)는 약 20초에 이르는 장구한 하품이 되어 체외로 빠져나간다. 일반 하품과 다른 점은 장장 20초 이상 지속된다는 점, 입과 콧구멍 그리고 귓구멍, 똥구멍 등 모든 구멍이란 구멍을 통해 빠져나간다는 점이다.(눈으로도 빠져나간다고 한다.) 경험자들, 일명 '하품－사람'들은 지금까지의 하품은 하품이 아니며 언덕의 하품이야말로 진정한 하품이라고 믿는데 그들은 언덕의 하품을 한번 경험한 뒤의 삶은 그전과 같을 수 없다고 말한다. 그들은 삶

44

의 가치를 하품의 경험으로 환산하는 일명 하품 꼰대가 되기도
한다. 불가항력적이며 참거나 미룰 수 없다는 점, 구름이 되어
커다란 나무를 통과시킨 기분이 든다는 점, 백 알의 박하사탕
을 꿀꺽한 것과 같이 끔찍하게 시원한 느낌이 든다는 점은 하
품에 관한 경험자들의 일관된 견해이다. 언덕의 하품은 〈몰아
치는 하품〉, 〈전 생애에 걸친 하품〉, 〈장구한 하품〉, 〈단 한 번
의 하품〉, 〈언덕의 저주〉 등으로 다양하게 명명된다.

　일반적인 하품은 약 이삼십 분의 토막 잠과 맞먹는 효과가
있다. 따라서 사람들은 하품을 사랑한다. 그러나 헤르츠 나인
시민들이 언덕의 하품에 열광하는 이유는 죽는 날까지 잠을 자
지 않는 능력을 얻기 때문이다. 언덕의 하품에 성공하면 그 즉
시 수면욕이 증발하고, 영원한 수면 박탈과 함께 살아가게 된
다. 그로 인한 피로나 무기력은 보고된 바 없으며 삶의 3분의 1
을 차지하는 잠을 몰아낸 결과 그들은 남들보다 3분의 1을 더
살 수 있는 기회를 부여받는다. 사실 삶에서 잠이 사라지는 것
은 잠만 사라지는 것을 의미하지 않고 잠의 부대 요소 전부가
사라지는 것을 의미한다. 불면증 환자들이 두려워하는 것은 잠
이 아니라 잠을 둘러싼 장벽이다. 잠은 무고하다. 잠의 이웃들
인 '잠에 관한 걱정과 초조함, 입면 과정, 과수면에 대한 자책,
눈을 떴을 때의 죽고 싶은 마음 등'이 악할 뿐이다. 잠들기를
매일같이 반복해야 한다는 점, 잠들었을 때는 완전히 무방비
한 상태가 된다는 점, 그래서 포식자의 공격에 대비할 수 없다

는 점, 잠에서 깼을 때 죽고 싶거나 살고 싶지 않다는 점 등을
고려했을 때 왜 인류가 잠을 줄이는 쪽으로 진화하지 않았는지
의문스럽다.

상상해 보라. 아래와 같은 잠의 절차가 사라진 삶을.

〈잠의 어려운 절차〉

1) 잠이 온다. 혹은 잠이 오는 것 같다 (그러나 졸음은 사기를 잘 치므로 이
느낌이 항상 잠을 보장하는 것은 아니다)

2) 잠이 올 것 같아서 침대에 눕는다

3) 그러나 잠이 오지 않는다

4) 뜬눈으로 천장을 바라본다

5) 안 좋은 생각에 두들겨 맞기 시작한다

6) 비관한다

7) 운다

8) 괴롭다

9) 어찌어찌해서 잠들긴 한다

10) 형편없는 수면의 질과 악몽으로 인한 체력 고갈

11) 비인간적인 알람에 깸 (감미로운 소리나 가장 좋아하는 노래로 알람을
설정해 봤자, 각몽하는 순간의 저질적인 느낌과 금세 조건 연합되어 세 번만 반복
하면 가장 싫어하는 노래가 되어버린다)

12) 부스스한 머리로 일어난다

13) 부족한 수면을 탓하며 하루를 시작한다

그러므로 수면의 전후 단계야말로 잠의 본질이며 잠의 가장 나쁜 면인데 이 점이 사라진다는 점에서 사람들은 한 번쯤 언덕의 하품을 꿈꾼다. 그런데 언덕의 하품은 마약과 비슷해서 한 번 경험한 사람은 하품 언덕을 다시 기웃거리게 된다. 그 이유는 하품이 유발하는 기이하고 극단적인 상태 때문이다. 하품-인간들은 하품을 하는 순간 '영혼이 구름처럼 크게 팽창한 뒤 약 7초간 돌아오지 않는다'고 말한다. 이는 '영혼 샤워' 혹은 '핏챠'라고 일컬어지는 상태로 경험자에 따르면 갑자기 언덕 위로 푸른 별이 쏟아져내리고 그 별들이 정수리, 손, 어깨, 등에 닿자마자 눈처럼 사르르 사라지는데 별의 일부가 온몸에 흡수되는 것 같다고 한다. '피부로 별을 마시는 느낌'이라고 누군가는 말했다. 또 다른 경험자는 한 지붕에서 다른 지붕으로 푸른 용이 날아다니는 것과 같은 느낌 아니, 본인이 용이 되어 지붕 길을 달리는 기분이라고 했는데 이러한 느낌은 한번 경험하면 잊을 수 없고 그 느낌과 기억이 보물이 되어 평생 함께 된다고 한다. 이 상태가 바로 '핏챠'이다. 그리고 어디론가 사라져버린 영혼이 되돌아오지 않는 7초간 경험자들은 고유한 기억을 갖게 되는데 이 기억은 일시적인 꿈 혹은 반수면 상태에서 기인하는 기억으로 그 꿈은 너무나 현실 같아서 잊을 수 없고 사람마다 내용이 다르지만 경험자들에게서 가장 소중한 것을 건드리는 특징이 있다고 한다. 그런데 소중한 것을 건드렸음에도 불구하고 사람들은 그 꿈에서 용기를 두둑이 챙겨 나온다.

그러나 꿈의 내용을 발설하면 부정을 탄다는 강력한 미신 때문에 하품-인간들은 꿈에 대해 함부로 말하지 않는다. 더구나 하품의 언덕을 오르는 일은 불법이기 때문에 멋대로 입을 놀렸다가는 무슨 일이 벌어질지 아무도 모른다.

하품의 언덕은 경계가 삼엄하며 보초병 여럿이 교대로 언덕을 지킨다. 그럼에도 불구하고 용케 하품에 성공한 이들은 평생 잠을 자지 않게 되지만 하품 전과가 발각될 경우 징역을 살거나 막대한 벌금을 물게 되기 때문에 (그보다 무서운 것은 사회적 낙인이므로 좋은 직업과 지위를 갖는 것은 포기해야 한다.) 졸린 눈을 가장하며 잠과 친한 척한다. 그래서 '저 새끼 잠든 척하네.'라는 표현은 헤르츠 나인에서 '자신의 과오를 숨긴 채 살아가는 비겁함'를 가리키는 관용적 표현이다.

언덕을 오르다 발각되는 경우엔 지하 벙커에 갇힌다. 그러나 이미 하품-인간(하품 전과자)이 되어버린 이후이므로 잠을 잘 수 없고 따라서 실제로 살아야 하는 삶의 분량을 줄여준다는 잠의 (거의) 유일한 혜택을 받지 못하므로 지하 벙커에서 지내는 시간을 1초의 단축 없이 생으로 견뎌야 한다. 지하 벙커에서 비-수면 능력은 시간을 어물쩍 건너고 제정신을 유지하는 데 방해가 될 뿐이다.

하품의 언덕이 발견된 지 10년이 지난 지금, 언덕의 하품에 관한 정보가 원활히 공유되면서 가짜 하품 언덕이 출몰하기 시작했는데, 인조 하품의 언덕은 수면을 제거하는 효과는 없지만

'핏챠'와 거의 유사한 상태를 유발하므로 이곳저곳에서 불법적으로 생겨나고 있으며 당국의 단속을 받는다. 그리고 고위 관료나 유명 인사들이 암암리에 불법 하품의 산을 찾는 사례도 적잖이 보고되고 있다.

언덕의 하품이 정신적, 육체적 질병을 낫게 한다는 얘기도 있지만 수면 증발을 제외한 증상은 모두 제각각이어서 함부로 이렇다 말할 수 없다. 그러나 하품의 언덕이 야기하는 가장 큰 사회적 문제는 하품 후 성별과 무관하게 임신하는 경우이다. 하품의 언덕에서 거대한 하품을 한 뒤 갑자기 임신이 되는 확률은 무려 7%나 된다. 그렇게 출생한 아기들은 '하품이 낳은 아이' 속칭 '하품-아이'라 불리는데, 언덕의 하품 자체가 불법이기 때문에 아이를 낳은 부모들은 아이들을 버리는 경우가 많고 (부모가 지하 벙커에 갇히면 아이는 하품-아이들만 키우는 고아원으로 보내진다.) 같이 살 경우 아이와 함께 낙인찍힌 삶을 살게 된다. 또한 하품-아이들은 손목 부근에 붉은 반점을 안고 태어난다. 사람들은 그것을 '하품의 흔적'이라 부른다. 반점 때문에 누구나 그들의 신분을 알 수 있으며 그들은 평생을 차별과 낙인과 함께 살아간다. 그들은 부모와 달리 수면욕이 있으므로 일반 사람들과 다를 것이 없었다. 일반인들끼리 다른 정도로만 그들도 다르다.

챰과 바란 그리고 그의 쌍둥이 형 메오, 그들은 모두 하품의 아이들이었다.

2. 땅에서 쉬기, 하늘에서 쉬기

바란이 쌍둥이 형 메오를 마지막으로 본 것은 그가 열한 살 때였다. 그들은 르파-7 고아원에서 자랐다. 바란과 메오의 손목에는 하품 언덕의 자식임을 드러내는 붉은 반점이 있다. 인구 30만의 소국가 헤르츠 나인에서 하품의 자식으로 살아가는 일은 형벌이나 마찬가지였다. 손수건이나 옷소매 혹은 타투나 장갑 따위로 손목의 붉은 점을 가리는 것은 무의미했다. 손목을 가리는 행위는 금지된 일이 아니었지만 하품-아이를 제외한 시민 모두가 손목을 가리지 않음으로써 손목을 가리는 행위가 자체가 붉은 반점을 암시했기 때문이다. 아무도 하품-아이에게 반점을 가리지 말라 하지도 않았고 숨기는 것을 금지하지 않았다. 다만, 모두가 손목을 드러내는 방식을 취함으로써 손목을 감추는 행위는 자연스럽게 신분을 특정했고 소매 없는 옷을 입으면 반점이 자연히 나타나기 마련이었다. 숨기기는 나타남과 동일했다. 감추는 행위는 허락되었지만 은폐는 불가능한 구조였다. 따라서 헤르츠 나인에서는 손목을 덮는 옷을 입지 않으므로 애초에 생산되는 일이 드물었다. 게다가 헤르츠 나인은 사계절 고온 다습했다.

하품-아이들은 어른이 되고 노인이 되어서도 여전히 하품-아이라 불리었다.

하품-아이 메오의 꿈은 승무원이었다. 메오의 쌍둥이 동생 바란은 이렇다 할 꿈이 없었다. 그런데 카레이서를 보면 가슴이 뛰곤 했다. 사이클이나 조정, 봅슬레이, 요트 경기를 보아도 그랬다. 둘의 공통점은 모두 탈것에 관심이 있었다는 점이었다. 쌍둥이의 꿈은 '이동'과 모종의 관련이 있었는데 차이가 있다면 바란은 탈것을 직접 몰거나 작동시키는 사람이 되고 싶었고, 메오는 그 안에 탄 사람들을 보호하는 사람이 되고 싶었다.

'좋지 않은 날씨로 인해 난기류가 예상되오니, 안전벨트 사인이 꺼질 때까지 벨트를 매주십시오…'

메오는 누군가를 안심시키는 직업이 자신의 삶까지도 안심시켜 줄 거라고 생각했는지도 모른다. 메오는 비행기를 타본 적이 없었다. 그러나 메오의 상상 속 승무원들은 비행이 시작되면 어디론가 사라져 자신만의 시간을 보냈다. 메오는 사라짐과 휴식을 동경했다. 그런데 땅에서 쉬는 것은 말이 안 되는 것 같았다. 하늘에서 쉬는 게 진짜 휴식일 거라고 그는 막연히 생각했다. 메오는 단 5분이라도 하늘에서 쉴 수 있는 삶을 꿈꿨다.

'오늘도 헤르츠 에어라인을 이용해 주셔서 진심으로 감사드립니다. 휴대전화나 전자 기기의 사용은 금지되어 있으므로 비행기 모드로 설정하거나 전원을 꺼주시기 바랍니다.'

형 메오가 비행을 사랑하는 또 다른 이유는 하늘에서는 공평하게 모두가 아무와도 연락할 수 없다는 점, 전자 기기의 사용, 담배 및 화기물이 금지되어 있다는 점, 수화물의 무게에 한계가 있다는 점, 주어진 공간이 협소하고 제한되어 있다는 점 등이었다. 하늘에는 금지된 게 많았다. 하늘에서는 애초에 그가 갖지 못하는 것과 바라면 안 되는 것들이 모두에게 공평하게 금지되어 있었다. 그리고 하늘에서 유사시에는 신분이나 성별, 계급이나 신체는 아무 의미를 지니지 못했다.

메오는 비행기를 타본 적도 없으면서 비행을 꿈꿨다. 그러나 하품-아이들은 당국의 엄격한 감시를 받았다. 친모나 친부가 돌아와 자식을 해외로 빼냈다는 뉴스가 들리기도 했다. 명목은 해외여행이었으나 손목의 흉터를 제거하기 위한 원정 성형이 실제 목적이었다. 당국은 하품-아이에게 지워진 반점이 있던 자리를 인두로 지져 새로운 낙인을 찍었으며 하품 전과가 드러난 부모는 체포되어 지하 감옥으로 끌려갔다.

3. 모험 일기장

메오는 언제나 일기를 썼다. 일기장의 제목은 〈모험 일기장〉이었다. 바란은 형이 사준 토끼 인형을 늘 들고 다녔다. 메오가 바닥에서 주워 동생에게 선물한 것이었다. 토끼의 엉덩이에는 꼬리 대신 당근이 달려 있었다. 토끼는 똥꼬에 당근이 달려 있는 것을 모르는 표정이었고 아무리 고개를 돌려봤자 당근을 먹을 수 없을 것이었다. 제 엉덩이에서 썩지도 않고 사라지지도 않는 희망의 냄새가 풍겼지만 토끼는 어찌할 수 없다. 바란은 아직도 당근 꼬리 토끼 인형을 품에 껴안고 잠든다.

쌍둥이는 학년 진급 시 같은 반에 소속될지 선택할 수 있다. 초등학교 1, 2학년 때 둘은 같은 반이었다. 바란은 당연히 형과 동갑이었지만 형을 형이라 부르는 행위만으로 형이 왠지 유급생 같았다. '형이 왜 이런 조무래기들과 함께 있는 거지?' 바란은 생각했다. 거인이 소인들의 나라에 와서 거주하는 느낌이랄까. 둘은 일란성 쌍둥이지만 아이들은 형과 바란을 별로 헷갈리지 않았다. 형이 뿜는 강렬한 포스와 다가오면 쏴 죽여버리겠다는 살기 때문이었다. 특히 자신의 동생을 건드릴 때는 가차 없었다. 형은 동생이 옆에 있는 한 강해질 수 있었다.

3학년이 되었을 때, 둘은 다른 반이 되기로 결정했다. 바란은 6반, 메오는 1반이었다. 층이 달라 복도에서 우연히 만나는 일도 드물었다. 어느 여름날 형은 과학 시간에 얼굴에 큰 상처를 입었다. 남학생들이 그의 얼굴을 커터 칼로 그은 것이다. 날카로운 새가 그의 얼굴을 지나쳐 간 것 같았다. 그러나 가해자에겐 별다른 처분이 내려지지 않았다. 몇 시간의 화장실 청소가 전부였다. 반면 메오의 얼굴 한복판엔 울퉁불퉁한 길이 생겼다. 바란은 형이 다친 날 처음으로 형은 사실 형이 아니며 자신과 나이가 같다는 사실을 깨달았다.

상처엔 피가 고였다. 바란은 약을 바르고 거즈를 갈고 고름을 짰다. 상처는 살아 있다. 그것은 자라서 살을 먹고, 자리를 차지하고, 자리를 내주고, 부피를 늘리며, 벌어졌다가, 닫히며 끌어올렸다가 바닥으로 꺼진다. 그것은 상처의 영혼이다.

상처는 역동적이다. 흉터가 되기 전까지는. 그리고 상처가 흉터가 되면 더 이상 색이 변하지 않는다. 움직이거나 달아나지 않고 성을 내지도 않는다. 상처는 더 이상 욕망이나 의지를 갖지 않고 하나의 무늬가 되어버린다. '상처는 살아 있을 때 잘 해줘야 해.' 바란은 생각하며 형을 돌보았다.

보름이 지나자 상처에 딱지가 졌다. 딱지는 맨홀 뚜껑 같아서 자꾸 열어보고 싶다. 그러나 그것을 뜯는 순간 상처에 발이 빠져 영영 갇혀 버릴 수도 있다. 형은 오래오래 잤다. 밀린 숙제를 하듯 침착하고 꾸준히. 땀내를 폴폴 풍기며. 바란은 형에게 콩죽과 물을 먹였다. 그들은 당분간 학교를 가지 않고 집 안에만 머물렀다. 그들은 안에 있을 때 회복될 수 있었다. 그들은 밖에 나가는 대신 햇빛을 안으로 끌어들였는데, 그것은 일종의 〈안-치료〉였다. 밖에 있는 것을 안으로 끌어들이기. 그들은 실내 천재들로, 밖에 나가면 죽고 안에 있으면 살 수 있었다. 그들은 실내에 있어야 목숨을 부지할 수 있는 종류의 인간들이었다.

몇 달이 지나자 형은 다시 말하기 시작했는데 그 모습은 시냇물 속에서 소소히 웃는 마른 나뭇가지 같았다. 바란은 형을 옥상으로 데려가 햇빛을 쐬게 했다. 하품-아이들은 햇볕을 받으면 눈을 감고 온몸을 펼친다. 지렁이가 몸을 펴듯 하품-아이들의 영혼은 자라났다. '네가 낫는 과정에서 네가 지치더라도 나는 지치지 않을 거야.' 바란은 생각했다. 그러나 형은 조금씩 약해지는 것 같았고 기력이 있을 때는 일기를 썼다. '약해지는 사람들은 약함에 저항하기 위해 일기를 쓰나 보다. 그럼 나는 평생 일기 쓸 일이 없었으면 좋겠어.' 바란은 생각했다.

4. 짐 나누기

바란이 형을 마지막으로 본 것은 교회에서 간 캠프에서였다.

이듬해, 교회에서 2박 3일 캠프를 갔다. 그런데 둘째 날이 전국 수학 경시 대회와 겹쳤기 때문에 형은 먼저 돌아와야 했다. 쌍둥이는 캠프를 가거나 수련회를 갈 때면 가방을 공유했고 가방 안에 샴푸, 수건, 게임기 등 함께 쓰는 물건을 넣었다. 그런데 거의 모든 물건이 함께 쓰는 물건이었다. 형의 일기장만 빼고.

둘째 날이었다. 일어나니 형이 없었다. 이미 기차역으로 간 것이었다. 가방을 열어보니 형은 아무것도 가져가지 않은 듯했다. 그래서 바란은 가방에서 형의 물건을 솎아냈다. 그런데 그런 걸 어떻게 해야 하는지 몰랐다. 그래서 무작정 가방을 들고 기차역으로 뛰었다.

형은 대합실에서 기차를 기다리고 있었다. 형을 발견한 바란은 편의점에서 종이 가방을 얻어왔다. 그때, 형은 기차표를 끊고 훌쩍 들어가 버렸다.

"형!"

바란이 형을 불렀다. 그는 우두커니 서서 개찰구를 통과해버린 형의 뒷모습을 바라보았는데, 형은 '놀랐지' 하는 표정으로 돌아보았다. 바란은 형에게 짐가방을 던졌다. 그러자 형은 바닥에 풀썩 주저앉아 동생의 것과 자신의 것을 나누었다. 그에게는 아주 쉬운 일처럼 보였다. 이제 3분 후면 기차가 떠날 것이었다. 그는 가방에서 자기 것을 골라내고 함께 사용하는 것은 건들지 않았다. 바란은 형에게 짐을 맡긴 채 형을 멍하니 바라보았다. 바란은 왠지 기분이 묘했다. 뭔가가 나눠진다는 게. 바란은 형을 재촉했다. 그러나 형은 차분하고 신중했다. 그리고 왠지 기차를 타고 싶어 하지 않는 것 같기도 했고 약간 우는 것 같기도 했는데, 사실은 히죽 웃으며 토끼의 꼬랑지에 달린 당근을 톡톡 치며 바란에게 "이건 네 거야. 네 거는 네 거야. 그건 잊으면 안 돼, 알았냐?"라고 말했다. 기차 승무원이 마지막 탑승객을 기다리며 휘슬을 불었다. 바란은 오줌을 지릴 것 같았다.

"형! 어서 가! 어서 가!"

'어서 가!'라는 재촉이 형에게 하는 마지막 말이 될 줄은 몰랐다. 형은 벌떡 일어섰다. 둘은 사실 키가 같았고 더 잘 먹는 쪽은 바란이었기 때문에 덩치는 바란이 더 컸지만 그 순간에는 '벌떡' 일어는 동작으로 인해 형이 거인 같았다. 형은 가방에서 모험 일기장만 꺼내고는 육중한 짐 가방을 개찰구 너머 바란에게 던졌다. 바란은 짐을 받고 휘청였다. 형은 모험 일기장과 함께 가벼운 발걸음으로 총총총 내려가 기차를 탔고, 떠났고, 사라졌다.

5. 톡, 톡, 톡

바란은 챰의 짙은 눈썹을 바라보았다. 챰은 이야기를 할 때 자기도 모르게 눈썹을 움찍거리는 습관이 있었는데, 누군가에게 이야기를 들려줄 때면 눈썹이 더 진해지는 것 같았다. 신이 실수로 붓을 세게 눌러서 일어나는 현상인지도 몰랐다. 챰이 재미있는 이야기를 할 때면 신조차 그녀의 이야기를 듣느라 일을 제대로 안 하는 걸지도 모른다고 바란은 생각했다.

바란과 챰은 중학교 2학년으로 학급 친구였다. 형 메오가 사라진 지 4년이 지났다. 반에는 하품-아이가 3명 있었다. 바란, 챰 그리고 뷜. 그들은 서로를 의식했다. 바란은 둘에게 먼저 말을 걸며 점심시간에 같이 밥을 먹자고 제안했는데 파랑 머리 뷜은 말했다.

"우리가 몰려다니면 더 없어 보여."

그 말에 바란은 상처받았으나 챰은 그렇지 않았다. 챰과 바란은 점심시간에 같이 밥을 먹었고 챰은 바란에게 어떤 이야기를 들려주었다.

"이건 내가 어떤 소설에서 읽은 내용이야. 굼은 모퉁이를 돌 때 벽을 세 번 치는 버릇이 있었어. 굼은 자신의 이상한 행동을 제어할 수 없었지. 그런데 친구들이 이상하게 생각할 테니 연기를 했어. 가령 뭔가를 살피는 척하다가 몰래 치거나 등 뒤에 손을 놓고 벽에 기댄 뒤 보이지 않게 벽을 치거나 하는 식이었지. 톡, 톡, 톡 하고 말이야. 그러던 어느 날 학교 건물 모퉁이를 돌 때였어. 굼은 주위를 둘러보고 여느 때처럼 아무렇지 않은 척 가장하며 벽 쪽으로 다가갔지. 그리고 손가락을 벽을 세 번 건드렸어. 무심한 표정으로 빠르게 톡, 톡, 톡. 아, 그래그래. 벽을 칠 때 톡, 하는 소리가 나진 않지. 어쨌든 그때 한 친구가 다가와 굼의 어깨에 손을 얹었어. 굼은 뒤돌아보았어. 친구는 말했어. '어! 너도 그거 있구나? 나도 그러는데.' 은밀한 공모의 눈빛을 보내며 말이야. 그 표정은 이렇게 말하고 있었지. '나도 너랑 같네?' 그 순간 굼은 깨달았어. 공감이 얼마나 역겨운 것인지. '씨발아, 꺼져!' 하고 외친 뒤 굼은 그 친구와 다시는 말을 섞지 않았어."

6. 교실에서

어느 날 반에서 도난 사건이 일어났다. 돈과 게임기, 휴대폰 등등이 사라졌다. 1교시는 체육 시간이었다. 쉬는 시간에 주번은 출석부 가름끈 끝에 묶여 있는 열쇠로 앞문과 뒷문을 잠갔고 수업 시간에 출석부는 체육 선생님에게 있었다. 체육 시간에 모습을 보이지 않은 학생은 렌쟐과 바쓰람이었다. 둘은 2교시가 끝나서야 수업 도중 뒷문으로 들어왔다. 그리고 체육 시간에 화장실을 간 학생은 파크날지아와 엘자였다.

종례 시간에 담임선생님은 학생들에게 눈을 감으라고 했고 자수할 기회를 주었다.

학생들은 눈을 감았다. 선생님은 모두 의자를 들고 책상 위로 올라가라고 했다. 그렇게 약 3분이 지났다. 챰은 아무리 생각해도 선생님이 범인인 것 같았다. 그게 아니라면 선생님은 범인의 죄책감을 자극하고 있는 셈인데 왜 무고한 사람들이 희

생자로 동원되어야 하는지 알 수 없었다. 하나둘 의자를 내려놓았다. 선생님은 다시 눈을 감으라고 했다. 그리고 자신은 범인이 누구인지 알지만 범인이 고백하기를 바라며 이게 마지막 기회라고 덧붙였다. 아무도 입을 열지 않았다. 그러자 선생님은 한 명씩 사물함을 열라고 했다.

학생들은 출석 번호대로 교실 뒤로 나가 사물함을 열었다. 챰은 식은땀이 났다. 챰은 범인이 아니었다. 그래도 자신의 사물함에서 사라진 물건들이 나올까 봐 겁이 났다. 뷜 역시 떨고 있었다. 뷜은 눈에 초점이 없었고 파란색 앞머리를 잡아당기는 것으로 자신의 주위를 분산시키고 있었다. 한편, 바란은 떨고 있지 않았다. 나머지 아이들도 떨지 않았다. 아이들은 당당하게 사물함을 열었다. 챰은 그렇지 못했다. 자신의 차례가 되었을 때 챰은 천천히 사물함 앞으로 다가가 떨리는 손으로 자물쇠를 땄다. 가슴이 콩콩 뛰었다. 사물함을 열자 교과서와 오답 노트밖에 없었다.

바란의 차례였다. 그런데 그는 자물쇠의 비밀번호가 이미 맞추어져 있다는 사실을 발견했다. 바란은 잠시 멈칫하고는 사물함을 열었다. 아이들이 탄성을 내질렀다. 도난품이 바란의 사물함에서 나온 것이다. 아이들은 쑥덕거렸고 선생님은 고개를 끄덕였다. 선생님은 바란에게 앞으로 나오라고 말했고, 그래서 바란은 뒷문으로 나갔다. 그리고 그는 뛰었다. 챰도 바란을 따라 나갔다.

"선생님은 범인이 누구인지 아신다면서요!"

챰은 바란을 쫓아갔다. 바란을 돕고 싶었기 때문에. 그녀는 그를 세상의 둔함에서 보호하고 싶었다. 챰은 바란보다 키가 크고 다리가 길었기 때문에 금방 그를 따라잡아 뒷덜미를 낚아챘다. 바란은 껄껄 웃고 있었다.

7. 너와 함께 너를 구경하고 싶어

학교에서 도망친 둘은 배가 고파서 중국집으로 향했다. 하늘이 흐렸다. 비가 오기 직전의 하늘은 입을 꾹 다문 사람 같았다. 세상이 문진이 되어 존재들을 꾹 누르는 것처럼 대기가 무거워지다가 갑자기 쏴, 하고 비가 내렸다.

쫄딱 젖은 둘은 짜장면 두 그릇을 주문했다. 입가에 소스를 묻히며 먹다가 바란은 챰에게 자신에게 쌍둥이 형이 있다고 고백했다. 알고 지낸 지 반년이 지나서야 자신이 쌍둥이라는 사실을 밝힌 것이다. 챰은 놀랐다.

"내가 사랑하는 사람이 두 개나 있다니."

챰이 말했고, 바란은 깔깔 웃었다.

"형은 나랑 완전히 달라."

바란은 말했다.

"그건 그렇지. 하지만 네가 죽으면 나에게 너의 형은 너의 3D 입체 영상처럼 느껴질걸? 나는 너를 보러 너의 형을 찾아가겠지. 하지만 말은 나누지 않고 바라만 볼 거야. 왜냐하면 대화를 시작하는 순간 그 사람은 네가 절대 아닐 테니까."

짜장면을 먹으며 챰은 쌍둥이에 대해 생각했다. 그녀는 쌍둥이인 바란이 무척 부러웠다.

"쌍둥이면 너는 너를 360도에서 볼 수 있겠네. 너는 너의 옆모습도, 너의 뒷모습도 볼 수 있겠네. 너는 너를 볼 수 있는 거야. 내가 너를 보는 것처럼!"

챰은 단무지를 씹으며 말했다.

"그런가? 하긴, 난 내가 잘 때 어떤 모습인지 형을 보면서 상상했어. 형이 코를 골 때, 내가 코를 골면 저런 소리가 나겠구나, 하고 생각하기도 했지."

"나도 쌍둥이였으면!"

"왜?"

바란은 짜장면에 김치를 올려서 먹었다.

"내가 실패해도 뭔가 남아 있는 느낌이 들 거 같아."

바란은 잠시 생각에 빠졌다.

"크리스마스 때 형이랑 같은 탁상시계를 선물 받았거든? 하얀색이랑 검은색이었지. 형은 하얀색, 나는 검은색. 그런데 싸구려였는지 시간을 잘 못 맞추더라고. 시간이 빨리 가는 시계 있잖아. 자꾸 틀어지는. 그런데 다른 속도로 빨라졌지. 석 달이 지나니 서로의 시간이 아주 달랐어. 세상의 다른 시계들과도 시간이 달랐지. 우리는 그 이후로 한 번도 같은 시간을 산 적이 없어."

바란은 챰의 김치를 젓가락으로 잡아주었다.

"내가 쌍둥이라면 나는 '덜 살기'를 할 거야. 내 쌍둥이에게
삶을 몰아주고 숨어 살겠어. 나중에 너희 형을 보여줘. 소개해
주지는 말고 멀리서 보게만 해줘. 같이 가서 바라보자. 쭈그려
앉아 너와 함께 너를 구경하고 싶거든."

챰은 김치를 면에 올려 먹으며 창문을 바라보았다.

비는 신비로웠다. 짜장면을 다 먹자 비는 그치고 날은 밝아
졌다. 시간이 거꾸로 갔어. 둘 중 하나가 말했다.

8. 졸업 여행

하품의 언덕에 다녀온 사람들은 잠에서 벗어나지만 순기능
만 있는 것은 아니었다. 예를 들어 호스피스 환자들에게 잠은
일종의 이불이다. 죽음을 받아들이는 데 잠은 많은 역할을 한
다. 그들은 잠을 자면서 죽음을 연습하고 죽음을 받아들이며
죽음을 길들인다. '죽으면 이런 기분일 거야. 자듯이 편안할 거
야.' 잠은 죽음과 삶 사이를 잇는 복도 터널 벽에 부착된 보조
난간과 같아서 사람들은 잠의 부축을 받아 죽음으로 건너간다.
하지만 하품-인간들은 죽기 직전까지 눈을 뜨고 있어야 하고,
언제나 의식이 명료했다. 모르핀을 투여해도 고통이 줄어들지
않을 경우, 의사는 환자에게 수면제를 주어 재우는데 하품-인
간에겐 소용이 없었다. 수면제가 들지 않기 때문이다. 그들은
잠이라는 침낭 없이 아주 추운 오지에 버려진 채 삶을 마감해

야 했다.

졸업식이었다. 챰과 바란은 학교 대신 하품의 언덕을 찾아갔다. 그들은 난생처음 여행을 떠났다. 말린 과일과 빵, 물통 그리고 갈아입을 옷을 챙겨 남쪽으로 갔다. 가고 또 갔다. 끊임없이 걷고, 뛰고, 히치하이크를 하고, 길바닥에서 꼭 껴안고 잤다. 바란이 울면 챰은 그를 꼭 껴안았다. 온몸으로 누굴 안으면 자신의 몸 전체가 상처에 바르는 연고가 된 것 같았다. 그럴 때면 챰은 자신의 영혼이 바란의 피부 깊숙이 스며들어 그를 낫게 한다고 믿었다. 인간은 삶이라는 상처에게 자리를 내어주는 보금자리이므로.

그들은 갈대밭에서 한참 놀았다. 껴안고 뒹굴었다. 갈대를 헤칠 때마다 공간이 생기는 게 좋았다. 갈대는 그들의 키보다 훨씬 커서 온몸을 가렸다. 앞으로 나아간 만큼 뒤는 닫혔고 뒤로 물러나면 앞이 닫혔다. 끊임없이 벽이 열리는 기분. 그들은 가는 길에 강냉이 밭에서 옥수수를 훔쳐 먹었고 주인에게 걸려 부리나케 도망갔다. 하루는 산에서 잤다. "우리는 산에 붙었어." 바란이 말하자, "산에 진 딱지 같아." 챰이 말했고 둘은 웃었다. 둘은 침낭에서 나와 절벽을 올라 건너편 절벽을 바라보았다.

절벽 아래 한 사람이 나체로 앉아 있었다.

절벽 인간은 발가락 끝을 반대편 종아리에 대고 곧게 앉아 있다. 그 자세가 내면의 균형을 잡아주는 데 효과가 있는 모양이었다. 그 사람 뒤로 직사각형의 커다란 절벽이 서 있었다. 해는 서쪽에서 비치고 있는데 절벽 인간이 정면으로 햇빛을 받고 있으므로 등 뒤는 어둠이다. 챰과 바란의 눈앞에 펼쳐진 풍경은 기이했다. 세상의 모든 어둠이 절벽 나체 인간의 등에서 시작된 것처럼 보였다.

"저 사람, 등으로 어둠을 쏘는 것 같아."

바란이 말했다. 그의 등에서 시작된 어둠은 세상을 대각선으로 나누었다. 절벽 나체 인간으로 인해 세상은 비스듬하게 둘로 나뉜 것 같았다. 등에서 어둠을 발사하는 인간. 어둠을 망토처럼 두르고 있다가 바람이 불자 착, 하고 펼쳐진 것 같았다. 그 순간, 챰은 바란이 쌍둥이 형을 떠올리고 있다고 생각했다. 그러나 바란이 매 순간 그의 형을 생각하고 있는 건 아니었다. 절벽 나체 인간은 너무 멀리 있어서 생김새를 알 수 없었다. 너무 멀리 있으니 그냥 점 같았고 누구와도 구별되지 않았으며 아무와도 구별되지 않으므로 멀리 있는 사람은 모두 쌍둥이였다.

"이제 가자. 더 올라야 해."

챰이 말했다. 갈증이 나면 그들은 산에 고인 빗물을 마셨고 긴 빵을 나눠 먹었다.

마지막 밤, 그들은 산 정상에 올랐다. 저 멀리 안개에 싸인 하품의 언덕이 보였다. 언덕은 폭이 넓은 강으로 빙 둘러싸여 있고 아주 가팔랐다. 곳곳에 보초가 서 있었고, 강물엔 전깃불이 비쳤다. 동쪽엔 지하 감옥의 입구가 있었으며, 철망으로 울타리가 쳐 있었다. 언덕 아래에는 수감자들이 노역하는 작은 농장이 있었다.

"형은 2월에 사라졌어."

바란은 중얼거렸다. 언덕을 둘러싼 강의 작은 배와 요트는 물살에 따라 잠잠히 흔들리고 있었고 검고 두꺼운 비닐로 덮여 있었다. 농장 근처엔 지하 감옥의 작은 입구가 보였다. 그들은 강을 건너 채석장으로 끌려가기도 한다고 들었다.

"엄마 혹은 아빠는 저기 있을까."

하품-아이들에게 엄마와 아빠가 동시에 있을 수는 없었다. 그들은 하품과 사람이 낳은 자식이므로. 챰과 바란은 오래오래 안개 싸인 언덕을 바라보았다. 그들은 고향에 온 것 같았다.

챰은 이따금 상상을 했다. 챰의 상상 속 가족은 엄마와 아빠 그리고 언니였다. 그들은 기이한 고래가 사는 아스타섬으로 향하고 있다. 가기 쉬운 곳은 절대 아니다. 아스타섬에는 사람이 만든 고래가 산다. 헤르츠-나인에서 고래는 오래전에 멸종한 아름다운 동물인데 과학자들이 특별한 기술로 고래를 부활시켰다. 그런데 그 고래는 사람이 만들어서 영원히 죽지 않는다. 그래서 세 마리 이상 필요하지 않았다. 사람이 만든 고래는 눈이 없지만 빛을 보았다. 투명한 등이나 꼬리로 빛을 감지해 필사적으로 빛을 피하거나 쫓았다. 사람들은 멀리서 고래를 바라볼 수 있도록 허락되었고 상상 속 챰과 가족은 고래를 보러 가고 있다. 챰은 가족과 함께 고래를 보러 가는 것이 중요한 게 아니었다. 그녀는 가족과 함께 비포장도로를 덜컹거리며 달리고 싶었다. 그들은 운전을 하다 휴게소에 들린다. 이 부분이 챰이 원하는 풍경이었다. 휴게소에 들리기. 사람들이 여행을 하는 이유는 '휴게소에 들리기'가 하고 싶어서가 아닐까? 그녀는 그게 사람이 만든 고래보다 더 흥미로웠다. 그들은 휴게소에서 간단히 요기를 하고 호두과자를 산다. 어머니는 운전을 하고, 조수석에 앉은 아버지는 비닐에 싸인 호두과자를 꺼낸다. 뒷좌석에 탄 챰과 언니는 번갈아가며 가운데 자리를 차지한다. 어릴 때는 그 자리를 더 좋아한다. 자동차 앞 유리의 풍경을 좋아하기 때문에. 정면이 더 모험과 가까우니까. 하지만 인간은 자라면서 가운데 좌석보다 옆자리를 선호하게 된다. 가운데 앉으면 엉덩이가 불편하기 때문이기도 하지만 정면보다 측면을 더 편하게 느끼기 때문이다. 상상 속에서 챰의 아버지는 운전하는 아내의 입에 호두과자를 하나 넣어주고, 뒤를 돌아 챰과 언니에게 호두과자를 나눠준다. 어미 새가 새끼 새에게 먹이를 주듯이. 그들은 고래 섬에 도착한다. 하지만 섬에 들어가지 않고 멀리서 파도를 본다. 고래와 파도. 파도와 고래. 파도가 끊임없이 몰려오는 풍경. '누군가 다가와 내 어깨에 손을 얹는 기분일 거야.' 챰은 마음속으로 가져보지 못한 가족을 그려보았다.

챰과 바란은 안개에 싸인 하품의 언덕을 내려다본다. 이상하리만치 마음이 평온했다.

"비가 올 것 같아."

바란이 말했다.

"그런데 비는 온다고 말하는데 왜 안개는 온다고 말하지 않지?"

챰이 옥수수를 한 입 베어 물며 물었다.

"안개는 깔린다고 하니까?"

"그럼 비는 왜 깔린다고 하지 않아?"

챰은 가방에서 옥수수를 꺼내 바란에게 건넸다.

"글쎄."

그가 옥수수를 받으며 대답했다.

"비가 온다는 말은 있는데 비가 간다는 말은 왜 없는 거야? 비가 갔다고 말하는 사람은 없잖아."

"비는 가지 않으니까."

바란은 받은 옥수수를 한입 베어 물며 대답했다.

"비는 가는걸."

챰이 말했다.

"비는 가지 않고 올라가."

"그게 가는 거잖아."

그들은 안개가 걷히기 전에 산을 내려갔다.

챰은 바란의 손을 꼭 쥐었고

겁에 질렸으며

희망했다.

9. 여드름

그들은 산을 내려갔다. 작년 가을, 바란은 텔레비전에서 형을 보았다. 하품의 언덕에 관한 다큐멘터리였는데 형은 언덕의 종자를 키우는 일을 맡고 있었다. 형은 눈에 빛이 없었고 입은 꾹 다물고 있었다. 형은 그날, 수학 경시대회에 나가는 대신 하품의 언덕을 찾아간 걸까? 왜 그랬을까. 바란은 알 수 없었다.

하품의 언덕은 내리막길에 자잘한 소름이 돋아 있다. 사람들은 그것을 하품의 여드름이라고 부르는데 하품의 여드름은 녹색과 붉은빛이 감도는 버섯 대가리 모양으로 뿌리가 아주 깊다. 그런데 뿌리를 캐는 과정에서 작은 실수라도 하면 시들어 죽어버린다. 하품의 여드름을 캐 모종으로 잘 키워 평지에 심으면 원조 하품의 언덕 10분의 1 크기의 불법 하품 언덕이 자랐다. 불법 하품의 언덕은 원조 하품의 언덕과 달리 잠을 없애는 기능은 없지만 향정신성 도구로 활용되는 탓에 하품의 여드름은 각지에서 불법으로 유통되었다.

형 메오는 뿌리에 대한 감각이 있었다. 뿌리가 어디까지 뻗어 있는지 손끝으로 느낄 수 있었고 그것을 다치지 않게 파내는 능력이 있었기에 그는 하품의 씨앗 관리팀으로 넘겨졌고 그곳에서 하품의 여드름을 캐고 키우는 일에 종사하는 모양이었다. 그가 모종을 키우는 일에 소질이 있다는 사실을 안 하품의 언덕 관리자들이 그를 계속 붙잡아 놓았던 것이다. 다큐멘터리에서는 하품의 언덕에 관한 과학적 연구에 그를 동원한 것처럼 묘사했고, 그가 막노동을 하는 대신 보다 나은 환경에서 지내는 것처럼 그렸으며, 심지어 자신의 일에 자부심을 느끼는 것처럼 편집했다. 더불어 다큐멘터리의 내레이터는 이곳에서 자기만의 방을 가진 사람은 메오밖에 없다고 서술했다. 하지만 과학 연구는 명분에 지나지 않고, 실상은 관리팀이 그를 배양실에 가두었을 뿐이라는 사실을 바란은 알 수 있었다. 그리고 메오는 밀매업자들이 왔을 때 그들에게 제품을 소개하는 역할을 맡았는데 하품-아이이자 하품-인간들의 음악단인 〈파〉에 들어가는 것보다는 나았다. 하품-아이는 아주 바르게 살거나 아주 삐뚤어지기 마련이었다. 차별과 조롱을 발디딤 삼아 억척스럽게 살아가는 유형이 있었다면 사회에 대한 분노를 자기 자신으로 돌려 파멸하는 부류도 있었다. 형 메오도 자신의 뿌리를 찾기 위해 혹은 억누를 수 없는 증오와 충동에 이끌려 강을 건너 하품의 언덕을 찾아간 뒤 단 한 번의 하품에 성공하고 지하 감옥에 갇힌 것인지도 몰랐다. 후자는 자신의 인생에 복수하는 유형이었다.

지하 감옥에는 유난히 하품-아이들이 많았다. 자신의 근원을 알고 싶어 하품-언덕을 찾아온 이들이었다. 그리고 하품-아이들은 언덕의 하품을 경험한 뒤에 자신의 부모처럼 하품-인간이 되었다. 그들의 많은 수가 악단 〈파〉에 동원됐다. 악단 〈파〉는 하품-아이이자 하품-인간인 자들로 구성된 악단인데 한번 들어가면 평생 벗어날 수 없고 스스로에게 고문에 가까운 연주를 해야만 했다.

하품의 언덕에는 고위 관료, 사업가, 정계 인사, 투자자 및 거물 등을 위한 비공식 행사가 있었다. 관료들은 경호원을 대동하고 강을 건너왔다. 하품의 언덕에는 관리 본부로 사용되는 막사가 있는데 특별한 날에는 음악제와 파티를 위한 공간으로 탈바꿈했다. 악단 〈파〉의 연주는 하품을 하러 오는 고위 관료층과 거물 및 사업가들을 위한 음악제였다. 불법 하품을 한 뒤에 듣는 〈파〉의 연주는 난장판일수록 황홀경에 가깝다고 한다. 메오는 하품-아이이자 하품-인간이었지만 하품의 여드름을 재배하는 특출 난 기술 때문에 악단에 들어가지 않을 수 있었고 축제 날 막사 한구석에서 불법 하품 언덕의 씨앗을 선보이며 사람들의 질문에 대답했다.

그리고 하품을 찾아온 자들은 하품으로 인한 임신을 방지하기 위해 특별히 제작된 피임약을 주사했다.

10. 여덟 명의 나 자신으로 된 갈대

"형에게 삶을 주는 게 아니라 네 삶을 형에게 버리는 거 아니야?"

바란의 계획을 알아차린 챰은 불안해졌다. 그들은 깜깜한 밤이 될 때까지 기다렸다가 산을 내려갔다. 이제 그들은 강가에 서 있다. 그들은 마지막으로 남은, 갈잎에 싸인 밥을 먹었다. 버드나무 속삭이는 소리. 강물은 깊다. 물은 아주 깊은 곳에서는 검다.

"내가 오면 나를 잘 부축해서 집까지 데려다줘."

"네가 왔는데 네가 아닐 거잖아."

챰은 화가 났다.

챰은 산에서 잠들었을 때, 꿈에서 바란의 쌍둥이 형 메오를 보았다. 꿈에는 바란과 메오 그리고 그들의 하품 어머니가 나왔다. 비 오는 날의 택시였다. 챰은 바란의 옆 자리에 앉아 있었는데 누가 문을 열며 들어왔다. 메오였다.

"안녕하세요!"

그는 챰에게 인사했다. 메오는 바란과 외관상 닮은 구석이 없었다. 바란은 피부가 까무잡잡했는데 쌍둥이 형은 피부가 하얬고 바란에 비해 왜소했다. 밝았지만 순진해 보이지는 않았다. 남을 배려하느라 일시적으로 밝은 척하고 있는 것 같달까. 그는 어딘가 지쳐 보였다. 아토피를 앓는지 피부는 푸석하고 울긋불긋했다. 남들이 있을 때는 긁지 않지만 혼자 있을 때는 온몸을 긁을 것 같았다. 그는 자신의 어두운 기운이 분위기를 망치는 일이 없도록 주의하는 듯했다. 챰의 눈에 그는 없는 사람으로 보이고 싶어 하는 듯했다. 안 보이기 위해 살아가는 인간. 스스로 백지가 되기를 원하며 그 위에 아무 글씨도 쓰이지 않길 바라는. 그러나 그런 작은 소원조차 삶은 허락하지 않는다. 그는 차에 타며 챰에게 '안녕하세요!' 하고 말했다. 꿈속에서 바란은 말없이 비 오는 전방을 응시할 뿐이었다. 차 안에서 비 오는 밖을 바라보면 세상이 커튼을 치는 것만 같다고 꿈에서 챰은 생각했다. 하품 어머니는 어둡고 냉담한 뒤통수만을 전시할 뿐 절대로 돌아보지 않았다. 그래서 챰은 그녀의 얼굴을 확인할 수 없었다. '안녕하세요!'라는 인사말을 끝으로 더 이상 대화가 이어지지 않았다. 시간이 흘렀다. 그런데 공기가 마시고 싶었는지 메오가 창문을 조금 내리는 바람에 빗물과 바람이 안으로 흘러들어 왔다. 그는 그 사실을 홀로 즐기는 듯했는데 빗물이 바란의 옷에 묻자 바란이 형을 쳐다보았고, 형은 그제야 비 오는 날 창문을 여는 행위가 누군가에게 불쾌할 수도 있다는 사실을 (마치 배워서 안다는 듯이) 기억해 내고는 황급히 창문을 닫았다. 그는 정신을 차린다는 게 또 이렇게 되었구나, 하는 표정으로 자신도 모르게 자기 자신으로 돌아갔다는 사실을 자책하는 듯했다. 그는 자신이 또 한 번 자아 단속에 실패했음을 슬퍼하며 허리를 꼿꼿이 세우고 "미안합니다." 하고 (챰에게 들으라는 듯이) 말했다. 그러니까 꿈속에서 메오가 한 말은 '안녕하세요'와 '미안합니다'가 전부였다. 챰은 오로지 두 가지 말을 들었을 뿐인데 바란이 왜 형을 사랑하는지 알 것 같았다. 메오는 창문을 닫고 장우산의 나무 손잡이를 만지작거렸다. 사실 그는 혼자 방치되는 순간 (물론 그 자신은 그런 상태를 '방치'보다는 '내버려 둠' 혹은 '존재하다'라고 명명할 것이다.) 바닥에 쏟아진 물처럼 넓고 투명하며 불안정한 상태로 돌아갈 터였다. 여기서 불안정한 상태란 언제고 다른 상태로의 전환이 가능함을 의미했다. 바닥에 쏟아진 물은 파도와 달리 걷잡을 수 있으며 내버려 두면 테두리를 그리며 멈춘다. 하염없이 가지 않는다는 점에서 쏟아진 물은 어느 정도 안전하다. 그는 적어도 파도형 인간은 아니고 쏟아진 물과 같은 인간이었기에 자살은 하지 않고 살아 있었다.

강의 건너편은 안개에 싸여 어슴푸레했다. 그날이었다. 일 년 중 경계가 가장 허술한 축제 날. 그들은 뱃사공이 자리를 비운 사이 배를 훔쳤다. 챰은 배의 널판 아래 숨었다. 그리고 바란은 챰을 비닐로 덮었다.

11. 모험은 우리를 집으로 이끈다

바란은 위아래가 붙어 있는 황토색 작업복(다큐멘터리 속에서 형 메오가 입고 있던 옷을 만들었다.)을 꺼내 입었다. 그날은 그 유명한 축제 날이었다. 그래서 경계가 허술했다. 보초들도 약을 먹고 하품에 취했고 음악제를 즐겼다. 그들이 강을 건넜을 때는 축제 막바지였다. 멀리서 점 같은 인간들이 어딘가에 홀린 듯 언덕을 뛰어 올라갔다. 그들은 제각각 이상한 춤을 추며 언덕을 올랐다. 꼭대기에 다다른 점은 몇 초간 겁에 질린 쥐처럼 경직되었고 문짝이 쩍 뜯겨 나가는 듯한 소리와 함께 단 한 번의 하품을 하고서 비척비척 앞으로 걸어가더니 반대편 비탈로 데구루루 떨어졌다. 그리고 언덕 아래에서는 경호원과 보초병이 굴러 떨어지는 인간을 받아 막사로 데려갔다. 그들조차 취해 있었다.

막사에 들어간 이들은 음악제를 즐겼다. 챰과 바란은 걸었다. 창문을 통해 본 막사의 풍경은 기묘했다. 〈파〉의 악사들은 아주 두꺼운 옷을 입고 있었다. 손목만 드러나는 옷이었다. 악단의 의상은 온갖 반짝이로 장식되어 있었고 발열 기능이 있어서 10초만 걸쳐도 땀이 났다. 악단은 피아노, 바이올린, 첼로, 해먼드 오르간, 드럼, 윈드차임과 오보에로 구성되어 있었다. 자기 몸만 한 첼로를 연주하는 첼리스트는 해변으로 떠내려온 물개를 껴안은 것처럼 보였으며 무거운 옷에 짓눌린 채 땀을 뻘뻘 흘린 탓에 바닥은 물기로 흥건했다. 산만하고 정신없는 연주였다. 그들은 나무 열매를 따려고 끊임없이 움직이는 원숭이 같았고 가고 싶은 곳으로 가려다가 실패한 자의 얼굴이었다. 그리고 하품에 취한 인간들은 연주를 즐기며 미친 듯이 웃어댔다.

챰과 바란은 맨정신으로는 연주에서 아무것도 느낄 수 없었다. 구석을 둘러보았으나 형 메오는 보이지 않았다. 그들은 모자를 푹 눌러쓰고 언덕으로 향했다.

"여기서 뭐해!"

하품에 취해 비틀거리는 한 보초병이 바란을 불러 세웠다.

챰을 놔두고 바란은 보초병을 향해 침착하게 걸어갔다. 그리고 보초병의 눈을 똑바로 쳐다보고 말했다.

"접니다, 메오."

보초병은 눈을 가느다랗게 떴다. 그러더니 고개를 끄덕였다. 그는 취해 몸을 제대로 가누지 못하고 있었다. 바란은 그에게 자신의 모자를 씌워주었다. 눈이 안 보일 만큼 푹 눌러 씌웠다. 그러자 그는 만족한 채 가던 길을 갔다. 언덕은 안개로 싸여 있었다. 언덕 아래에는 정신을 잃고 널브러진 몇 명이 나뭇잎처럼 놓여 있었다. 모두가 취한 시간. 세상만 취하지 않았다. 바란은 언덕을 바라보았다. 뒤에서 바람이 불었다. 마치 언덕이 그를 부르는 듯했다. 바람은 직선과 곡선으로 이루어진 복잡한 무엇이다. 바람은 보이지 않는 널판과 밧줄과 같다. 언제는 널판에 한 대 맞는 것 같고 언제는 밧줄로 칭칭 감겨 움직일 수가 없다. 바람은 또한 뒤에서 미는 사람이다. 대신 바람은 두 손이 아니라 어깨로 민다. 가라고, 가라고. 낮은 하늘. 구름이 하늘을 덮었고 돌풍이 불었다. 그러더니 바람이 뚝, 그쳤다. 그들은 발을 조금 끌면서 언덕을 올랐다. 그리고 눈을 꼭 감았다. 참을 수 없는 구역질이 났다. 하품의 전조인가. 참은 생각했다. 그때, 누군가 그들의 어깨를 잡았다. 한번 감은 눈을 더 감을 수 없었다. 그러나 접착제를 붙인 것처럼 눈을 뜰 수도 없었다. 그들은 뒤돌아보았다. 감은 눈 속에서 누군가 보였다. 그의 눈은 푸르렀다. 세상에는 사라진 수많은 해저 도시가 있다. 물에 덮여 사라진 도시. 오래된 문명. 해저 100미터로 침잠된 도시. 그런 푸른 눈. 오래전에 가라앉은 해저 도시는 영원히 물에 쓸리며 모두에게 잊힌다. 덮이고, 덮이고, 덮이고 다시 덮인다. 바란은 눈물을 흘렸다. 그러자 목소리는 말했다.

　언덕에는 지붕이 없다는 사실을 잊지 마. 가고 싶은 곳으로 가려고 하는 짓이 우리를 병들게 해. 하지만 가고, 가고, 가라.

　메오는 그들의 어깨에서 손을 뗐고, 챰과 바란은 마치 그들이 쌍둥이인 것처럼 한 명이 허리를 구부리자 다른 한 명의 허리도 같이 저절로 구부려졌고, 그 순간 머리가 똑, 떨어져 언덕 저편으로 데구루루 굴러가는 것 같았다. 아! 둘 중 하나가 혹은 둘 모두가 작은 탄성을 내질렀다. 그러나 멀어져 가는 것은 얼굴이 아니라, 머리를 줍기 위해 허리를 굽힌 그들의 목 없는 전신이었다.

거꾸로 읽기

카페 아르떼에는 손님이 나뿐이다. 오후 두세 시 즈음 다른 손님이 오기도 하지만 음료를 테이크아웃하거나 금방 자리를 뜬다. 내가 앉은 자리에서는 고개를 들지 않아도 정문으로 들어오는 사람들을 볼 수 있다. 굳이 올려다보지 않아도 현지인인지 여행객인지 분간할 수 있다. 그들이 메고 있는 가방이나 옷차림을 보고 말이다.

가령, 'I Love Chiangmai'라고 적힌 가방을 메고 있거나 티셔츠를 입고 있다면 외국인이다. 서울에 사는 인간이 'I Love Seoul'이라고 적힌 티셔츠를 절대 입지 않는 것과 같다. 그렇다면 'I Love Chiangmai'란 무엇인가. 이 문장은 'I don't live in Chiangmai'와 의미가 같다. 그리고 'I Love Seoul'은 'I don't live in Seoul'이다. 'I Love A'는 〈나는 A에 살지 않아〉라는 의미이고 〈나에게는 A가 없다〉는 뜻이며

〈나는 A를 가져본 적이 없으며, 있더라도 그것은 어디까지나 일시적인 무엇이다〉라는 뜻이다. 무언가를 사랑한다는 건 내가 거기 살지 않는다는 뜻이고, 나아가 살 수 없다는 뜻인데 이것이 사랑의 한 모습이다.

나는 헝겊 주머니에서 책말이를 꺼내 카페 테이블에 뿌려 놓았다. 제멋대로 굴러다니는 책말이를 보며 나는 하나의 기억을 떠올린다.

초등학교 시절이었다. 학부모 참관이 있는 날이었다. 나는 맨 뒷 열에 짝 없이 앉아 있었다. 다음 시간이 국어 시간이라 서랍에서 교과서를 꺼냈는데 표지가 찢겨 있었다. 그뿐 아니라, 풀칠을 했는지 책을 펼치자 종이가 북 찢어졌다. 교과서를 읽는 시간이 되자 한 명씩 일어나 소설을 낭독했다. 엄마도 다른 학부모와 같이 사물함 앞에서 내 뒤통수를 바라보고 있었다. 하필 그날 읽을 소설에도 풀칠이 되어 있었다. 나는 붙어버린 종이를 살살 떼어냈다. 종이는 떼어진 후에도 서로의 몸에 흔적을 남겼다. 문자 위에 문자가 얹혀 이상한 문장이 되었고 어떤 부분은 완전히 뜯겨져 나갔다. 나는 속으로 내 차례를 셈해보았다. 차례가 다가오자 초조해졌다. 구멍 난 부분만 잘 넘기면 될 텐데…. 나는 속으로 빌었다. 그런데 하필 뜯긴 구간에서 친구가 낭독을 그쳤다. 내가 읽어야 할 문장은 찢긴 부분이었다. 식은땀이 흘렀다. 읽을 수 없어…. 나는 중얼거렸다. 원래 문장은 무엇이었을까. 나는 버벅거렸다. 친구들이 비웃는 게 느껴졌다. 쟤 글도 못 읽나 봐. 그래서 지어냈다. 없는 문장을, 사라져 버린 문장을, 이탈해 버린 문장을, 뜯겨져 나간 문장을. 읽을 수 없어서 문장과 문장 사이를 지어냈다. 작은 여울을 건너기 위해 징검다리를 놓듯 단어를 놓고 문장을 이었다.

나의 창작은 그렇게 시작되었던 것이다.

조식을 먹고 방으로 들어와 또 하나의 두꺼운 책을 찢어 소분했다. 보통은 그날 읽을 양만 찢어서 작은 책 주머니에 넣지만, 시간이 날 때, 한 권의 책을 열 개에서 열다섯 개의 뭉치로 미리 소분해 두었다가 필요할 때 꺼내 읽는다. 그런데 순서를 적는 것을 까먹을 때가 있다. 이런 경우에는 아무 순서로 읽은 다음, 이후에 내용을 재정렬하는 방식으로 책을 읽는다. 따라서 책의 내용이 뒤죽박죽이다. 주인공이 죽었는데 다음 날 살아난다. 거꾸로 읽었기 때문에 가능한 이야기의 기적이다.

나는 뒤죽박죽인 이야기를 사랑한다. 오래전부터 그랬다. 나는 학창시절에 순서 맞추기 문제를 좋아했다. 국어나 영어를 비롯한 언어 시험에서는 순서 정렬하기 문제를 흔히 볼 수 있다. 지문의 각 문단 머리에 (1), (2), (3), (4), (5), (6)의 숫자를 달아두고서 원래 순서에 맞게 글을 재정렬하는 문제로, 본문은 애초에 잘못된 순서로 정렬되어 있다. 그런데 잘못된 순서란 무엇인가. 그냥 읽어도 이상한 게 없는 것 같았다. 순서 맞추기 문제는 헝클어진 것, 정해진 자리를 벗어난 것, 행로를 이탈한 것, 앞뒤가 안 맞는 이야기는 틀린 것이라고 우리를 길들였다. 그런데 내가 사랑한 건 잘못된 순서로 정렬되어 있어서 뒤죽박죽인 이야기들이었다. 1 다음에 2가 아닌 19가 오고, 19 다음에 20이 오는 대신 -3이 오거나 시계나 냉장고가 오는 이야기. 말이 안 되고 오락가락하는 이야기.

(A)

(B)

(C)

순서대로 정렬한 것은?

① (A)-(B)-(C)

② (A)-(C)-(B)

③ (B)-(A)-(C)

④ (B)-(C)-(A)

⑤ (C)-(B)-(A)

나는 무조건 ①번을 골랐다. 잘못된 순서로 정렬된 글을 잘못된 순서로 읽어도 말이 되는 것이 즐거웠다. 헝클어진 글, 아귀가 맞지 않는 글, 문단끼리 사이가 안 좋은 글, 한 입으로 두 말하는 글.

영어 선생님은 문단 앞에 있는 'therefore' 'but' 'In conclusion'과 같은 접속사에 주목하라고 했다. 그것이 올바른 순서에 대한 단서이므로. 결론이 맨 처음에 나올 리 없으니 해당 접속사로 시작하는 문단은 세 번째 문단일 확률이 높다고. 그런데 단도직입적으로 '그래서'로 혹은 '결론은'으로 시작할 때의 이야기가 더 멋졌다.

나는 순서와 불화했다. 비단 순서와만 불화한 것은 아니지만.

나는 다만 이야기를 사랑했다.

책상 위를 굴러다니는 책말이 중 아무것이나 집어 들고 읽는다. 이야기가 흐트러지고, 질서는 사라지고 세상은 중구난방이 된다.

✦

치앙마이 대학 도서관에 출입증을 끊으러 님만해민에 갔다. 걷다가 배가 고파서 카페 'flour flour loaf'에 들어가 빵과 주스를 먹고 다시 걸었다. 더웠다. 걷다 지치면 그늘에 앉아 가져온 책을 몇 장 읽고 다 읽은 장을 버린 뒤 다시 길을 갔다. 이제 더 이상 내지 혹은 속장이라는 말을 사용하지 않기로 했다. 종이는 더 이상 안에 있지 않고, 어딘가에 속하지도 않으며, 표지에 의해 가려져 있지 않으므로.

가져온 책말이에는 살바도르 달리가 살던 카다케스가 나온다. 카다케스는 아직 대규모 관광객 때문에 망가지지 않은 곳이라고 한다. 그 이유는 주차장에 더 이상 빈자리가 없으면 아예 마을을 닫아버리기 때문이다.[*] 빈 공간을 사랑하는 카다케스. 최소한의 빈 공간을 확보하기 위해 꾸준히 책을 찢어서 바람에 날린다.

책을 찢어서 읽고 버리면 몸이 가벼워진다. 버리기 때문에 좋아하는 부분을 서너 번 정도 더 읽는다. 헤어지기 전에 얼굴을 더 많이 보려고. 버리면 영영 헤어지는 기분이 든다. 사랑하는 책을 서재에 보관하거나 훼손하지 않는 방식으로 향유하는 것도 좋지만 읽은 것으로 만족하고 길을 걸을 때마다 조금씩 할부로 버리면 책의 유골을 온 세상에 뿌리기 위해 돌아다니는 기분이 든다.

'책을 편하게 해주고 싶어. 책은 나를 구속하지 않고 나 또한 책을 구속하지 않아.'

한 권의 책에서 풀려난 낱장은 민들레 홀씨처럼 이곳저곳으로 날아가 작은 씨앗이 된다. 문득, 누군가를 사랑할 때에도 그렇게 해왔다는 느낌이 든다. 그날 읽을 분량의 책을 찢어 두루마리 모양으로 돌돌 말아 고무줄로 묶은 뒤 헝겊 주머니에 넣고 그 주머니를 바지춤에 매달고 돌아다니다가 아무 데서나 꺼내 읽는 방식으로 누군가를 사랑하고 그리워한다. 그러나 그게

[*] 올리비아 드 랑베르트리, 양영란 옮김, 《동생 알렉스에게》, 알마, 2020, 30p.

어떤 사랑법인지 설명하는 일은 나로서 쉽지 않은 일이다. 분명한 건 아주 사랑하면 그렇게 할 수 있을뿐더러 늘 그렇게 해왔다는 것이다. 백 장의 책을 읽는 일은 백 명의 사람을 통과하는 것과 같으며 책을 찢어서 읽는다는 것은 내게 책을 가장 자세히 읽는 것을 의미한다.

다 읽은 책을 나무 아래 두고 떠났다. 죽은 친구가 내게 말을 건다. 친구야, 너 책을 버린 거니? 아니, 나는 책을 심었어.

✦

죽기 세 달 전, 친구는 주차장 앞에서 죽은 참새를 만났다. "아이고오…!" 그게 처음 튀어나온 말이었다. 친구는 주유소에서 비닐봉지를 훔쳐 참새를 감싸 두 손으로 받쳤다. 참새는 이불을 덮고 있는 것 같았다. 친구가 주위를 두리번거리자 지나가던 아주머니가 "왜 그래! 무슨 일이야!" 하며 달려와 친구의 손에 들린 참새 시체를 들여다보았다고 한다. "아이고… 수고했네…." 그 말이 친구를 향한 말인지 참새를 향한 말인지 알수 없었지만 수고한 쪽은 참새인 것 같아서 "네, 수고했죠. 제손에는 수고 한 덩이가 들어 있습니다." 하고 친구는 대답했다.

주유소에서 교회까지는 버스로 몇 정거장이었는데 친구는 죽은 참새를 들고 버스에 타도 되는지 몰라서 그저 걸었다. '그런데 죽은 존재를 보면 왜 비닐봉지를 찾게 되는 거지?' 그런 생각을 하니 친구는 참새에게 왠지 미안했다. 게다가 죽은 참새는 죽은 뒤에도 비닐 때문에 부스럭거렸는데, 친구는 죽은 존재가 내는 소리가 좋아서 나중에 곡 교회 CCM 같은 걸로 사용해도 좋지 않을까, 하고 생각했다.

걷던 도중, 친구는 참새를 들고 자신이 뭘 하는 건지 의문이 들었고 죽은 참새를 왜 교회에 가져가야 하나 싶었으며, 참새는 주유소 근처에서 죽었으니까 주유소 근처에 묻어야 하는 게 아닐까 싶었다. 어떤 존재들은 고향에 가서 묻히길 소망한다. 그런데 고향이란 무엇인가? 태어난 곳이 고향이라면 죽은 곳 또한 고향이 못 될 이유도 없지 않을까. 친구는 참새가 죽은 곳이 주유소 근처니까 주유소 근처가 참새의 고향이 아닐까 싶었지만 이미 참새를 너무 멀리 데려와 버렸고, 어느덧 교회 첨탑에 꽂힌 십자가가 보였다.

친구는 참새를 두 손에 들고 있으니 참새를 보호하고 있다는 생각이 들었다. 그러나 무엇으로부터? 이미 죽은 존재를 무엇으로부터 더 보호하지? 이제 참새에게 남은 건 죽음이 아니라 (참새는 이미 죽음을 겪었다.) 죽음 이후와 매장 방식이었다. 이 세상에 어떤 형태로 남을 것인가. 혹은 어떤 방식으로 사라질 것인가. 친구는 참새가 고운 흙 속에 묻히길 바랐다.

교회 뜰에는 어린아이들이 뛰어놀고 있었다. 아이들은 친구에게 달려와 손에 든 것을 보여달라고 졸랐다. 친구는 천천히 손을 펴 보였다.

"애들아, 참새가 죽었어."

"너무 슬퍼요!"

"우리 슬프다고 하지 말자. 시인인 내 친구가 말했는데 슬플 때 유감이라고 말하면 슬픔의 일부가 날아간다고 했거든."

"유감이네요."

"응, 내 손에는 유감 한 덩이가 있어."

"이 참새의 이름은 유감 한 덩이인 거예요, 그럼?"

"유감 한 덩이!"

"유감!"

작은 친구들이 참새의 이름을 불렀다. 그들은 함께 땅을 팠다. 참새를 눕히고 기도를 했다.

"뭐라고 하지!"

아이들이 의문을 표했고 친구는 수고했다고 말하자고 했다. 그리고 이 이야기를 들려주며 친구는 말했다.

"이렇게 말했더니 애들이 머리를 쓰다듬었어. 수고했어, 이러면서."

나는 아이들이 친구의 머리를 쓰다듬었다는 줄 알았다. 수고한 측이 친구인 것 같아서. 아이들은 죽은 참새를 번갈아 쓰다듬으며 수고했다고 말하고 교회로 들어갔다. 그런데 교회로 들어간 아이들이 "유감이다!" "유감!" 하고 노래를 불렀고 어른들은 "그런 못된 말은 어디서 배웠니?" 하고 물었다고 한다.

나는 이 이야기를 떠올리다가 주유소에 훔칠 만한 비닐봉지

가 어디에 달려 있는지 갑자기 궁금했다. 나는 상상한다. 친구
가 나와 함께 걷다가 우연히 주유소 앞을 지나칠 때 "저기 있
어." 하고 가르쳐 주는 모습을.

킴볼트 시리 간미영의 일생

킴볼트 시리의 한국 이름은 간미영이다. 간미영은 호텔 방에서 자살하고 싶지 않았다. 그녀에게는 약간의 개성이 필요했다. 그녀는 타고난 퍼포먼스 예술가이기 때문에. 그녀에게는 보는 눈이 필요했다. 한두 명이면 충분할 것이었다. 그런데 사람이 곁에 있는 건 싫었다. 사람은 똥파리 같았다. 벽에 붙어 있는 파리 말이다. 본인이 벽도 아니면서 간미영은 벽의 입장을 함부로 이해했다. 파리의 입장에서 벽은 그저 잠시 발을 붙였다 가는 곳이다. 세상에 벽이 없다면 파리는 내려앉아 쉴 곳이 부족할 테니 평소보다 피곤할 것이지만 파리는 벽 없는 세상을 겪어보지 않았으며, 더구나 그런 세상을 상상해 보지 않았으므로 아직은 행복했다. 킴볼트 시리의 입장에서는 벽의 가치를 모르는 파리가 세상에 너무 많았다. 그녀는 사람이 싫었지만 늘 누군가의 시선 아래 있었다. 그것은 그녀의 부모, 애인, 친구, 반려묘, 미래의 관중, 동료 등 수시로 바뀌었다. 간미영은 계속해서 시선을 갈아탔다. 그녀는 타인의 안구를 빌려 자신이 움직이는 모습과 자신의 영상을 마음속으로 그려보았다. 그녀는 타고난 퍼포먼스 예술가였기 때문에. 그러나 그녀는 타고난 자살가이기도 했다. 이 둘은 서로 크게 다르지 않았다. 하지만 같지도 않았다. 둘이 교집합되는 면적은 킴볼트 시리가 인생의 어떤 구간을 지나고 있는지에 따라 달라졌다. 이 면적의 수치를 그래프로 옮긴 것이 그녀의 스물여섯 해 인생의 형태를 정확하게 그려낼 터였다. 그녀의 입장에서 자살은 언젠가 해야 하는 숙제인데 그것을 아껴서 미루는 건지 귀찮아서 미루는 것인지는 그녀 자신도 몰랐다. 그녀에게 삶은 괴롭지 않았다. 다만, 간미영의 관심사는 퍼포먼스였는데, 자살이 퍼포먼스에 포함되는 것인지 퍼포먼스가 자살에 포함되는 것인지, 아니면 사실 둘은 전혀 연관성이 없는 건지 알 수 없었고 이런 주제는 조금 더 세밀한 연구가 요구되었다.

　킴볼트 시리 간미영은 그림을 잘 그렸고 음악(그녀는 드럼과 바이올린, 오보에, 첼로를 연주했다.)에 소질이 있었으며 작곡도 했다. 간미영의 예술적 재능을 일찌감치 알아챈 부(父)는 그녀를 예술 고등학교에 보내려고 했지만 간미영이 원치 않았다. 간미영에게 예술은 그저 쇼에 지나지 않았다. 그녀는 쇼가 아니라 퍼포먼스가 필요했다. 둘은 다른 것이었다. 예술은 그녀의 욕망을 충족하기엔 너무 협소했다. 조금 더 날것이 필요했다. 킴볼트 시리가 보기에 퍼포먼스의 본질은 고고학이나 경영학 같은 데 있었다. 그리고 퍼포먼스는 한국이 아닌 곳에서 가능했다. 그러니까 한국은 아닌 곳에서 예술은 아닌 것을 하는 삶이 그녀가 소망하는 퍼포먼스의 미래였다.

킴볼트 시리는 미국의 한 주립대에 입학해 고고학을 전공했다. 입시 학원 원장이었던 부는 그녀의 주거비와 대학 등록금을 부담했고 생계비는 그녀가 벌었다. 그녀는 교내 카페테리아의 웨이트리스로 일했고 밤에는 술집에서 일했다. 그녀는 몇 년간 고고학에 심취했다. 그녀는 점점 자신이 기획하는 어떤 작품, 자기 자신만의 퍼포먼스에 접근했다. 고고학은 흔적에 관한 학문이다. 그리고 흔적은 사라짐이라는 개념을 포함한다. 흔적은 무언가 사라진 이후에 성립하는 사건이기 때문이다. 모든 존재는 사라지게 되어 있는데 의도치 않게 뭔가를 남기며, 남겨진 것을 후대 사람들이 파헤친다. 고고학은 누군가 증거 인멸에 실패했기 때문에 가능한 학문이다. 따라서 고고학은 사라짐과 실패를 전제했다. 그리고 킴볼트 시리는 그것을 퍼포먼스와 결부시켰다.

킴볼트 시리는 델피 고고학 박물관에 전시된 플리메데스의 쌍둥이 조각상을 좋아했다. 쌍둥이 중 하나는 아르고스이고 하나는 아르게스인데 누가 누구인지 알 수 없다. 하나는 오른팔 전체와 왼손이 절단되어 있다. 아르고스와 아르게스는 하급 신이었는데 아르고스는 모든 것을 부수는 신이고 아르게스는 심판하는 신이다. 아르게스가 아르고스를 심판하거나 아르고스가 아르게스를 부수려 든 적은 없는지 간미영은 궁금했다. 그녀가 조사한 바에 따르면 그들의 힘은 그들이 누굴 만나는지에 따라 달라졌다. 예를 들어 아르고스는 약한 상대를 만나면 힘이 줄어들었고 강한 상대를 만나면 힘이 세졌다. 반면 아르게스는 상대방이 지은 죄의 경도에 따라 힘의 크기가 변했다. 무고한 상대 앞에서 아르게스의 심판하는 힘은 줄어들었고 상대의 죄질이 나쁜 경우에는 심판하는 힘이 커졌다. 상대의 컨디션과 상태에 따라 힘의 세기가 조절된 것이다. 간미영은 두 조각상 앞에서 부서진 조각이 둘 중 누구인지 궁금했다. 세상의 균형이 깨진 원인이 여기에 있을 것 같았다. 그러나 실상은 알 수 없었고 갑자기 자신이 퍼포먼스와 멀어지고 있다고 느꼈으며 그 순간 자기 자신에 대한 혐오감이 일었다. 그녀는 아르게스 옆에 있는 아르고스를 바라보았다. 그다음 아르고스 옆에 있는 아르게스를 봤다. 누군가의 옆에 누군가가 있었다.

"일종의 퍼포먼스 같군."

그녀는 생각했다. 그러자 그녀의 머릿속에 작은 빛이 지나갔다. 그것은 어떤 종류의 갈망이었다. 타인을 향한 갈망. 그것은 타인의 시선에 대한 목마름이 아니라 타인에의 뛰어듦이었다. 그것은 친구에 대한 갈망이기도 했다. 그녀는 갑자기 누군가에게 자신을 털어놓고 싶었다. 그래서 사람을 만나기 시작했다, 게걸스럽게. 그런데 사람이 싫었다. 누구를 만나든 그 뒤에는 최소 사흘간의 여파가 따랐다.

　그녀는 타인을 〈며칠의 여파〉로 정의했다.

알레한드로	4일의 여파
데이브	17일의 여파
캐시	175일의 여파
카렌	53일의 여파
단브라	12일의 여파
김창식	5일의 여파
왕방	7일의 여파

．

．

．

．

　여파의 기간은 단축되기는커녕 택시 기본요금이 오르듯 계속 늘어났다. 여파가 사그라들기 전에 다른 누군가를 만나는 것은 버거웠다. 친구이건 지인이건 애인이건 상관이 없었다. 그녀는 다시금 혼자가 되고 싶었고 자신의 꿈, 고고학과 퍼포먼스에 집중했다. 그러나 인간 세계를 경험한 후, 고고학에 관한 집중력과 열의는 이미 훼손된 이후였다.

　그래서 그녀는 권총 하나를 구해 남부로 떠났다. 그녀는 호텔에 투숙하며 여행을 다녔다. 그녀는 호텔 방의 침대 모서리에 앉아 권총을 어루만졌지만 조작 방법을 몰랐고 총을 여는 것도 서툴렀다. 그래서 검색을 해야 했는데 갑자기 졸음이 쏟아졌고 자살은 자고 일어나서 해야겠다고 생각하고는 침대에 누웠다. 그런데 호텔 침대가 그렇듯, 덮는 이불의 사면이 매트리스에 끼워져 있었으므로 그녀는 일어나서 이불을 빼내야 했다. 호텔은 집과 다르기 때문이다. 집과 호텔의 차이는 이불을 개서 침대 위에 놓느냐, 다 펴서 사면을 매트리스 사이에 끼워 넣느냐였으며, 간미영은 평생 자기 집을 가져볼 수 없을 것이므로 호텔에서 살아야 할 텐데 타인이 끼워 넣은 이불을 힘들게 빼내는 짓을 반복할 앞날을 생각하니 자살에 대한 믿음이 확고해졌다. 그녀는 평소보다 힘과 사기를 발휘해 이불을 빼냈고 그대로 곯아떨어졌다.

그 시각, 델라웨어주 도버의 한 도로에서 멕시코인 트럭 운전사는 운전석에서 낮잠을 즐기고 있었다. 멕시코인은 두 다리를 앞 유리 쪽으로 쭉 뻗고 좌석 등받이를 뒤로 젖혔다. 정면에서 보았을 때 멕시코 인의 두 발은 앞 유리에 달린 와이퍼처럼 보였고 유리창에 김이 서렸을 때 멕시코인은 종종 발바닥으로 유리를 닦았다. 멕시코인은 꿈을 꾸고 있었다. 그가 꾸는 꿈은 늘 무채색에 채도가 낮았다. 회색이거나 검정색이었다. 그리고 전쟁에 관한 꿈이었다. 그는 자다가 한 번 깼는데 얼굴을 덮고 있던 모자가 바닥에 떨어진 탓에 눈이 부셨다. 그러나 그는 모자를 줍는 대신 얼굴로 쏟아지는 빛을 받으며 다시 잠으로 스르르 빠져들었다. 덕분에 꿈의 명도와 채도가 높아졌다. 햇빛의 잔상을 꿈으로 끌고 들어갔기 때문이었다. 내용은 역시 전쟁이었다. 다만 화사한 전쟁이었다. 그때 그는 두 차례의 총성을 들었다. 그것은 사실이 아닐 수도 있다. 이후, 멕시코인이 킴볼트 시리에게 이 이야기를 들려주었고 간미영이 내게 이야기를 전달해 주었는데 그 과정에서 이야기가 왜곡되었을지도 모른다. 설명과 회고에 의해 삶은 덧칠되니까. '지금 이 순간'이라는 말은 엉터리다. 지금 이 순간을 사는 인간은 없고 지금 이 순간은 그저 어깨빵과 함께 지나치는 것이며, 나중에 다시 살아야 하는 무엇일 뿐이다. 지금 이 순간은 모양을 빚기만 한 밀가루 덩이이고 기억은 밀가루를 화덕에 넣고 빵으로 굽는 작업이기 때문이다. 이 둘이 합쳐 장면이 완성되는 것이었다. 그리고 이 과정을 무한히 반복하는 것. 그것이 킴볼트 시리가 생각하는 퍼포먼스였다.

킴볼트 시리에 따르면 그녀는 방아쇠를 총 네 번 당겼다. 두 번은 그녀의 우측 두개골에 대고 발사했지만 신의 장난인 듯 불발했다. 젠장! 그녀는 한 발을 상공을 향해 쐈다. 이번에는 총알이 발사됐다. 그런데 반동이 너무 세서 놀란 나머지 의도치 않게 또 다른 한 발을 아무 데나 쐈는데 탄환이 멕시코인의 트럭 뒷바퀴에 명중했다. 타이어의 공기가 서서히 빠지며 트럭이 한쪽으로 살짝 주저앉았다. 멕시코인이 깨어난 것이 총성 때문인지 트럭이 주저앉아서인지는 그 자신도 모른다. 그러나 그는 무언가 자신의 뒤통수를 관통했다고 느꼈다. 그는 다른 사람처럼 뒤통수가 두 개였다. 하나는 남들에게도 보이는 뒤통수였고 두 번째 뒤통수는 뒤통수 뒤에 달린, 남들의 눈에는 보이지 않는 상상의 뒤통수였다. 상상의 뒤통수는 트럭 길이만큼 길다. 그것은 거대한 자루 모양이다. 잘 때 뒤로 눕고 싶어지는 이유는 누구나 뒤통수 뒤에 상상적 뒤통수, 거대한 모래주머니가 달려 있기 때문이다. 그런데 간미영의 자살 실패가 야기한 울화의 발사가 멕시코인의 상상의 뒤통수인 모래주머니에 구멍을 냈고, 그 구멍으로 모래가 줄줄줄 빠져나갔던 것이다.

트럭이 주저앉는 순간이자 상상의 모래주머니에서 모래가 흘러나가는 순간, 멕시코인은 '온화한 무너짐' 속에서 잠이 깼고(그가 그렇게 표현했다고 그녀가 내게 말했다.), 모자가 여전히 바닥에 떨어져 있었기 때문에 얼굴을 가리는 것은 아무것도 없었으며, 꿈속의 화사함은 눈을 떴을 때 안구로 들이치는 빛으로 이어졌다.(꿈과 현실의 채도가 같았던 것이다.) 트럭 운전석의 어떤 남성이 꿈틀거리는 것을 본 킴볼트 시리는 'shit!' 하고 읊조렸다. 그러곤 나무 뒤로 몸을 숨겼지만, 나무가 그녀를 반만 가렸기 때문에 멕시코인은 그녀의 반을 볼 수 있었다.(그녀의 반만.) 멕시코인은 차 문을 열고 내렸다. 그녀는 나무에 의해 반이 가려진 채 한쪽 눈으로, 다가오는 멕시코인을 주시했다. 걸어오는 멕시코인은 하품으로 졸음을 쫓았다. 하품을 하자 킴볼트 시리의 한쪽 눈알이 더 선명히 보였다. 그가 보기에 그 한쪽 눈알은 슬픔과 두려움이 그득했는데 그건 킴볼트 시리의 공연, 퍼포먼스가 성공했다는 증거이기도 했다. 멕시코인은 간미영에게 아주 다가갔다. 이제 멕시코인과 킴볼트 시리 사이에는 나무 한 그루만이 놓여 있다. 멕시코인은 물었다.

"Could you do it again? (나머지 바퀴도 쏴줄 수 있나요?)"

킴볼트 시리는 나무 뒤에서 오른손에 쥔 권총을 천천히 들었다.

결합 풀기

책 뭉치 한 덩이를 주머니에 넣고 저녁에 읽을 또 다른 책을 조금 찢었다. 책을 찢을 때는 머리카락의 뿌리까지 뽑는다는 기분으로 찢는다. 여러 번 찢다 보면 뿌리에 대한 감각이 손가락 끝에 밴다. 종이의 두께와 평량, 제지 및 제본 방식에 따라 찢는 방식을 달리한다. 접착제를 이용해 내지를 붙인 무선 제본이라면 첫 순간이 중요하다. 처음에 잘못 찢으면 다음 장을 깔끔하게 찢기 어렵다. 남은 부분이 다음 찢기에 지장을 주기 때문에 얇아도 다섯 장은 무리다. 욕심을 내면 책의 뿌리에 대한 감각이 무뎌진다.

제책 과정에 관한 지식은 책을 이전 상태로 돌려놓는 데 도움이 된다. 무선 제본은 용지를 무거운 쇠뭉치로 눌러 둔 상태에서 책등 부분에 본드를 바르고 말린다. 그리고 본드가 마르면 실 망이나 거즈를 대고 다시 한번 본드를 바른다. 그리고 본드가 마르면 표지와 다시 결합한다. 이처럼 책은 몇 차례의 재결합에 의해 탄생한다. 책은 일종의 모임이자 결합이다. 나의 목표는 바로 이 결합을 푸는 것, 해산시키기, 원래 상태로 돌려놓기, 즉 책 해체 작업이다.

죽으면 다시 흙으로 돌아가는 사람처럼 책을 원래 모습으로 돌려놓는다.

책을 찢을 땐 손가락 끝으로 책과 대화한다. 깔끔하게 찢을 수 있을지, 내가 무리하고 있는 것은 아닌지 손가락이 되어 책에게 물어본다. 책이 준비가 되었다고 신호를 보내면 찢는다. 시간이 많이 걸리지만 두 장씩 찢는 편을 권한다. 깨끗이 찢는 일에 매번 성공할 수는 없다. 책을 찢은 흔적은 흉터처럼 남는다. 찢은 부분이 너무 지저분해지면 커터 칼로 긁어 깔끔하게 만들면 좋다.

접지를 실로 엮어 고정한 뒤 가죽이나 합자의 하드커버를 씌운 양장본의 경우에는 뭉치를 공략해 볼 수 있다. 중철 제본의 경우에는 여러 개의 책 뭉치가 결합된 다음 다른 뭉치와 재결합되는 식으로 제작된다. 손톱이나 칼을 이용해 책의 숨통을 끊어내라. 칼로 실을 자르면 책 뭉치가 통째로 떨어져 나온다. 포도 덩이처럼. 책에서 새끼 책을 꺼낸다. 원하면 떨어져 나온 책 뭉치를 한 장씩 펼쳐 칼과 자를 이용해 반듯하게 반으로 자른다.

반 이상 찢겨나간 양장본은 속이 텅 비어서 보석함으로 사용해도 좋다. 빳빳한 하드커버는 함의 뚜껑이 된다. 책이 찢겨 나간 텅 빈 공간을 작은 수납장으로 사용하자. 무얼 보관하면 좋을까. 남은 여비를 넣어본다. 예로부터 사람들은 현금이나 수표를 숨길 때 책을 폈다. 책은 지폐나 수표를 숨기기에 좋으므로. 그래서 돈을 찾으러 온 사람들은 그 집의 책부터 사정없이 흔든다. 책을 탈탈 턴다. 그러자 책의 것이 아닌 종이 한 장이 바닥으로 힘없이 떨어진다.

이 작은 수납장에 자잘한 액세서리를 보관하거나, 손수건이나 콘돔, 책을 묶을 때 사용하는 고무줄 따위를 넣어둘 수도 있다. 그러나 이내 잊어버리고 만다. 책 속에 뭔가를 넣어두면 곧 잘 잊어버리니까. 그게 어디 있더라? 무슨 책이었더라? 책장의 책을 모두 뒤진다.

텅 빈 이 책 안에 더 작은 책을 넣어볼 수도 있다. 책 안의 책을 심는다. 책이 또 하나의 책을 껴안는다.

내지를 네 쪽씩 겹쳐 중심 부분을 철심 처리한 간행물이나 홍보물도 찢어서 읽을 수 있다. 중철 제본은 계산을 잘해야 한다. 여덟 쪽짜리 중철 제본은 종이 두 장을 접어 만든다. 그리고 열두 쪽은 종이 세 장을 겹쳐 반으로 접어 만든다. 그러니 11페이지와 12페이지가 한 가족이 아니라 11페이지는 20페이지와 한 몸이다. 그리고 7페이지와 24페이지가 한 몸이다. 따라서 책을 찢을 때, 누가 누구와 한 몸인지 잘 살피고 찢자. 칼로 실을 끊거나 손톱으로 스테이플러를 뜯어낸다.

360도의 회전력과 펼침성을 자랑하는 스프링 제본의 경우, 책을 찢는 법은 당신의 성격에 달려 있다. 링을 빼면 책을 찢을 필요가 없다. 책은 묶이지 않은 낱장으로 얌전히 돌아간다. 본래 자기 자신으로. 그러나 당신이 찢는 행위에서 쾌감을 얻는 사람이라면 그냥 뜯어라. 와이어링이나 크리스탈링에 책의 찌꺼기가 남겠지만.

이제 찢은 책을 둘둘 말아 고무줄로 묶어 천 가방이나 책 자루에 담아라. 그리고 그것을 책 가방이라고 불러보라.

✦

나는 친구의 짧은 단발을 좋아했다. 필통에는 끝이 뾰족한 연필이 네다섯 자루씩 들어 있었다. 일기를 쓰다가 심이 뭉툭해지면 친구는 다른 연필을 꺼내 글을 썼다. 메스를 바꾸며 수술을 집도하는 외과의처럼 그녀의 손은 정교했고 민첩했다. 일기를 쓰는 친구는 사람을 살리느라 바빠 보였다. 친구는 몹시 집중하느라 세상에 무신경해진 모습이었다.

재작년 어느 새벽. 전화 한 통이 왔다. 친구가 응급실에 실려 갔다는 연락이었다.

친구는 며칠 동안 밥을 먹지 못하고 계속 잠만 잤다. 그날도 자신을 재우기 위해 졸피뎀 몇 알을 먹고 간신히 잠이 들었는데 갑자기 똥이 마려워 어지러운 몸을 이끌고 화장실로 갔다.

그런데 화장실에 도착하기 전에 친구는 정신을 잃고 쓰러져 두 개골을 문지방 쪽에 세게 부딪혔다. 나의 친구는 그대로 몇 초 간 기절했고 정수리에서 쏟아진 피가 얼굴 전체를 덮었다. 흘러내리는 피는 그녀의 꿈속에서 끝없는 엔딩 크레딧으로 재현되었다. 그녀의 눈앞으로 영화의 엔딩 크레딧이 올라가고 있었다. 그 영화는 그녀의 인생에 관한 영화인지도 몰랐다. 그런데 엔딩 크레딧이 끝나질 않았다. 그렇게 많은 인간이 자신의 인생에 개입했는지 그녀는 몰랐다. 한 명의 인생을 제작하는 데 벌떼처럼 모여든 사람들. '그래서 내 인생이 이토록 치밀하고 정교하게 고통스러웠나?' 친구는 생각했을지도 모른다. 어쩌면 엔딩 크레딧이 올라가고 있는 순간에도 영화는 여전히 만들어지고 있는지도 모르며, 뒤늦게 영화에 참여한 사람들의 이름도 엔딩 크레딧에 허겁지겁 올라가고 있는지도 몰랐다. 그때 친구는 화들짝 놀라 눈을 떴다. 홍수 같은 피가 그녀의 얼굴 전체를 덮고 바닥까지 수놓고 있었다. 뭔가 끊임없이 흘러내리고 있었고 걷잡을 수 없었다. '엄마아… 아빠아…' 그녀는 애타게 가족을 찾았다. 방에서 뛰어나온 아버지가 앰뷸런스를 불렀다.

곧이어, 앰뷸런스가 도착했고, 피 때문에 놀라서 똥은 도로 들어갔는데, 들것을 보자 친구는 다시 똥이 마려웠다. 친구는 마지막 유언을 읊듯 볼일을 보게 해달라고 부탁했다. 응급 대원은 화장실 문밖에서 기다리겠다며 시간을 주었는데, 똥 누는 시간이 길어졌고, 이건 아니다 싶었던 응급 대원은 뇌를 다

치면 증상으로 헛소리나 망상이 생길 수 있다며 똥이 마려운 게 확실한지 물었다. 친구는 똥은 망상이 아니라 자신의 진심이니 조금만 기다려 달라 부탁했다. 그리고 몇 분 뒤 응급 대원은 이렇게 오래 기다릴 수 없다며 가장 가까운 응급실 위치를 알려줄 테니 택시를 타고 오라고 했다. 응급 환자는 친구가 아니라 응급 대원이었던 것이다. 친구는 어쩔 수 없이 똥을 끊고 나왔다.

병원에 실려간 친구는 뇌 검사를 받았는데 다행히 큰 문제는 없었고 찢긴 머리를 스테이플러로 박았다. 48시간 내에 기타 증상이 생기면 바로 내원해야 했다. 그렇게 나의 친구는 머리까지 다 꿰매고 나서야 내게 전화를 걸었고, 마음 편히 똥을 쌌다고 했다. 왜 하필 친구에게 이런 일이 벌어졌을까. 친구가 잔다며 전화를 끊었다. 자는 동안 통화를 끊지 않고 숨소리라도 듣고 싶었다. 친구의 삶을 들여다보는 것은 구조가 같은 옆집을 들여다보는 기분과 유사하다. 옆집 문이 열려 있을 때마다 나는 옆집을 엿보고 싶은 충동을 느낀다. 집의 구조는 똑같은데 너무나 다르다. 공통점과 차이점이 구역질 나게 조화를 이루고 있어 바라보고 싶어진다.

단, 적응되기 직전까지만. 거기까지만 친구를 바라본다.

쫄지 않는 나의 세상

1. 공포 영화

저녁 파티에 참여한 사람들이 숙소로 들이닥치기 전, 게스트 하우스의 거실 나무 테이블 모서리에서 그들은 젠가를 하고 있었고 나는 조금 떨어진 곳에서 일기를 쓰고 있었다. 여자 두 명과 남자 한 명이었다. 무너진 젠가 조각이 내 쪽으로 굴러올 때마다 남자는 "죄송합니다."라고 했다. 그것은 나를 향해 하는 말이었다. 이것이 그 남자에 대한 기억의 전부다.

얼마 후, 불쾌한 얼굴의 투숙객들이 들이닥쳤다. 저녁 파티에서 삼겹살을 구우며 친해진 것으로 보이는 그들은 젠가를 하던 일행과 내게 술자리를 제안했다. 열 명 남짓 되는 여행객들이 삽시간에 거실 테이블에 둘러앉았다. 그러더니 그들 중 추리닝을 입은 한 남자는 게스트 하우스 방침상 밤 열 시 이후에는 거실을 사용할 수 없지만 다 같이 놀면 상관없지 않겠냐고 말했고, 그런데 한 명이라도 참석하지 않으면 해산하겠다고 엄포 아닌 엄포를 놓았다. 젠가를 하던 사람들과 나는 마지못해 술자리에 끼게 되었다.

그들 중 단발의 여자는 어색한 분위기를 깨고자 여행에서 만난 것도 인연이니 인스타그램 아이디를 공유하자고 제안했다. 여행객들은 각자 관심 있는 사람의 아이디는 새겨듣고 다른 사람의 아이디는 귓등으로 흘려들으며 입력창에 아이디를 입력했다. 그렇게 해서 젠가를 하던 남자와 나도 인스타그램 친구가 되었다.

그리고 약 한 달 후 그 남자에게서 연락이 왔다. 침대에 누워 양파링을 먹으며 공포 영화를 보고 있었는데 핸드폰 진동이 울렸다. 남자가 보낸 메시지였다.

응원합니다!

인스타그램에 업로드한 모자 사진을 보고 하는 말이었다. 그는 내가 모자를 만들기 때문에 예술가가 아니냐고 덧붙였다. 감사합니다. *제가 응원하는 게 도움이 될까요…?* 그럼요. 감사해요. *정말요? 도움이… 될까요? 제가 응원하는 게?* 아마요? *에이, 설마요.* 아니에요! 도움됩니다! *정말요?* 네!

나는 낯선 남자를 안심시키느라 같은 말을 반복했다. 그러더니 남자는 내게 뭐 하고 있었냐고 물었다. 나는 공포 영화를 보고 있다고 했다. 무서운 영화라고만 했는데 그는 이미 무서워하고 있었다. 나는 공포 영화와 놀이동산을 무서워해요. 그는 묻지도 않은 말을 했다. *밤에 혼자 영화 보는 게 무섭지 않은가요?* 이 질문도 세 번 했다. 안 무서워요. 나는 양파링을 하나 집었다. *무섭지 않아요? 무서울 텐데.* 안 무섭습니다. 남자는 내 대답에 실망한 것 같았다. *그러면 무엇을 무서워하나요?* 없습니다. *잘 생각해 보세요.* 없어요. 가만 보니 그는 내가 자신에게 '무엇을 두려워합니까?'하고 물어봐 주기를 기대하는 것 같았다. 그쪽은 무서운 게 있나요? 나는 물었다.

그러자 남자는 봇물 터지듯 무서운 것들을 나열하기 시작했다.

1) 공포 영화
2) 미친개
3) 미친개에게 물린 사람
4) 다섯이 쓰는 침대
5) 개 행동학

그는 개를 무서워하는 것 같았는데 그가 스스로 입을 열기 전에 묻는 것은 예의가 아닌 듯했다. 내가 보고 있는 영화 역시 개에 관한 영화였다. 영화에는 개를 지키기 위해 만 달러를 지불하고 살인까지 저지르는 남자가 등장한다. 사람을 왜 죽이냐고 애인이 따지자 남자가 '우리 개를 때리려고 했잖아!'라고 대답하는 장면을 보고 있었는데 그에게 굳이 얘기할 필요는 없다고 생각했다.

6) 놀이 기구

그가 무서워하는 놀이 기구는 자이로드롭이랬다. 그는 자이로드롭이 정상까지 올라갔다가 허공에서 멈출 때 너무 무섭다고 했다. 자이로드롭이 끝까지 올라갔을 때 고장이 나서 며칠 동안 사람들과 상공에서 함께 살아야 할까 봐 무섭다는 것이었다. 게다가 그때 오줌이 마려우면 어떡하냐고 그는 걱정했다. 그런 것들에 대한 대책을 갖고 있지 않으면 놀이기구를 함부로 타선 안 된다고 말했다.

7) 크림이 너무 많이 들어간 체리 방방 크림 도넛
8) 회전문

그는 이제 자야겠다고 했다. 그는 왜 하필 내게 연락했을까? 자신의 무서움을 털어놓기 위해서 남이나 다름없고 앞으로 만날 일 없는 사람을 찾다가 나에게 연락한 것은 아닌가, 하고 생각하니 마음이 편했다. 그리고 한 남자가 자신이 무서워하는 것을 털어놓았을 뿐인데 나는 몇 달 만에 숙면했고 그 사실에 조금 놀랐다.

2. 발

　게스트 하우스에서 본 남자에 대한 기억은 젠가만이 전부가
아니다. 블로그에 그날 쓴 일기를 업로드했을 때, 한 블로그 이
웃이 게시물에 답글을 남겼다. 게임의 이름이 떠오르지 않아서
젠가 대신 '자꾸 무너지는 게임'이라고 적어두었는데 '차카게
살자'라는 이름의 블로그 이웃이 게임의 이름을 알려주었다.

　그 게임 이름은 '젠가'예요. 무너트려려야만 끝나고, 무너트린
누군가 벌을 받아야 끝나는 게임이죠. 그 게임의 묘미는 무너
트린 그것을 다시 쌓는 것에 있어요. 그리고 다시 무너트리는
것에. 말하자면 여러모로 '죄송한' 게임이죠.

　댓글을 보고 나는 본문의 '자꾸 무너지는 게임'을 젠가로 수
정했다. 그러자 그날 남자가 입은 회색 후드 티가 덩달아 생각
났다. 그는 챙 달린 모자를 쓰고 있었고 두툼하고 부드러운 회
색 후드 티를 입고 있었다. 젠가가 무너져 나뭇조각들이 딱딱
한 마룻바닥에 떨어졌을 때, 작고 말랑한 젤리들이 떨어지는
것 같았다. 왠지 그가 푹신한 옷을 입어서 그런 것 같았다. 더
불어 나는 그의 팔에 새겨진 문신을 기억해냈다. 그의 팔에는
왼쪽 손목에서 끊기는 문신이 있었는데 후드 티 소매에 가려져

있었다. 둘러앉은 사람들은 대화가 끊기지 않도록 서로의 특징을 유심히 관찰하며 그것을 대화의 소재로 삼으려고 애썼다. 그중, 머리에 수십 개의 검정 핀을 꽂고서 앞머리가 흘러내릴 때마다 핀 하나를 빼 잔머리를 정돈하는 여자가 있었다. 여자는 머리핀 하나를 입에 물고 머리를 숙여 뒷머리를 정리하다가 옆에 앉은 남자의 팔에 시선이 닿았다. *팔에 문신했어요?* 그녀가 묻자, 사람들은 남자에게 팔을 좀 걷어보라고 부추겼다. 그는 사양했다. 소매 아래로 살짝 보이는 그것은 무언가의 발이었다. 사람들은 돌아가며 그림의 정체를 유추하기 시작했다. 부처님의 발, 용의 발, 호랑이의 발……. 누구는 호박 줄기라는 의견을 내놓았다. 나는 그와 멀리 떨어져 앉았기 때문에 그것이 발인지 몰랐고 무엇의 발인지는 더욱이 알 수 없었다. 다만 그것이 개의 발이 아니었을까, 하고 한 달이 지나서야 생각해보는 것이다.

두려움을 극복하는 방법의 하나는 두려움을 유발하는 대상을 내 편으로 만들거나 내가 그것이 되는 것이다. 조폭을 무서워하면 조폭의 사람이 되거나 내가 조폭이 되어버리거나 하는 식으로 말이다. 마약견을 기르려면 먼저 개를 마약 중독자로 만들어야 한다는, 어디선가 읽은 문장이 갑자기 떠올랐는데 이유는 모르겠다. 무슨 그림이었을까. 누구의 발이었을까? 소매를 걷으면 그가 무서워하는 것을 알 수 있을 텐데.

잘 잤나요?

다음 날 남자에게서 메시지가 왔다.

꿈꿨어요. 나는 대답했다. 그러자 그는 꿈 얘기를 들려달라고 했다. 핸드폰 자판으로 적기에는 분량이 길어서 노트북을 켜 한글 파일에 기록한 다음 복사해 보냈다.

"도서관에 가는 길이었다. 내 앞으로 노랑 조끼를 입은 노인이 걷고 있었고 길가에는 전봇대가 있었다. 쓰레기봉투들이 전봇대를 에워싸고 있었다. 노인은 주머니를 뒤져 종이 뭉치들을 전봇대를 향해 던진 뒤 나를 돌아봤다. 노인은 내가 먼저 지나가도록 기다렸다. 나는 그에게 무언의 눈짓으로 먼저 가라는 신호를 보냈다. 그러자 노인은 다시 걸었고 나는 뒤따라 걸었다. 그는 힐끔 뒤돌아보곤 했는데 그때마다 나는 턱을 까딱거리며 가던 길을 가라는 표시를 했다. 노인은 다시 멈췄다. 나도 따라 멈췄다. 그는 왼편에 위치한 은행으로 들어갔다. ATM기들이 줄줄이 서 있었다. 사람들의 뒷모습이 보였고 문 옆에는 은색의 원형 쓰레기통이 있었다. 노인은 주머니를 뒤져 과자 봉지를 꺼내 쓰레기통에 버렸다. 나는 노인이 쓰레기를 다 버릴 때까지 밖에서 기다렸다. 그리고 노인이 나오자 따라 걸었다. 그는 분식집, 세탁소, 피자집, 완구점, 슈퍼마켓에 들어가 쓰레기통을 찾아 쓰레기를 버렸다. 그는 입고 있던 조끼 주머니를 털어 쓰레기를 꺼냈고 주머니에 남은 것이 없는지 확인하

기 위해 주머니의 안감을 뒤집어 붙어 있는 솜뭉치까지 손가락
으로 하나하나 떼어 쓰레기통에 털어 넣었다. 쓰레기를 모조리
버렸지만 어느새 쓰레기는 다시 생겼다. 그래서 그는 쓰레기를
끊임없이 버려야 했다. 쓰레기통이 없으면 가게 문을 세게 닫
으며 욕설을 내뱉었다. 우리는 걸었다. 노인은 쓰레기통을 찾
았다. 그는 쓰레기통을 찾고 온몸에 차오른 쓰레기를 버렸다.
버려야 할 쓰레기는 끊이지 않았다. 나는 노인을 앞질러 갈 수
없었는데 딱히 이유가 있는 것은 아니었다. 나는 노인 때문에
도서관 가는 길이 늦춰지고 있다는 사실에 슬슬 신경이 곤두섰
다. 쇠똥을 굴리는 쇠똥구리처럼 사람을 미는 벌레가 된 심정
으로 도서관으로 향하고 있었다. 걸어도 도서관은 나오지 않았
다. 노인은 걸었고 나도 걸었다. 노인이 쓰레기를 버리느라 빨
리 걸을 수 없었다. 그는 쓰레기를 버리느라 남들보다 세상을
느리게 걷고 있었다."

그에게 꿈 이야기를 들려주었는데 답장이 없었다. 도서관 시
계를 보니 오후 두 시였다. 점심을 먹기 위해 도서관을 나갔다.
돌아오니 답장이 와 있었다.

당신, 정말로 무서워하는 게 없군요!

3. 느티나무

남자는 내게 점심을 먹었는지 물었다. 시계를 보니 두 시기에 배가 고파서 도서관 지하에서 백반을 먹었다고 했다. 배가 고파서 시계를 보니 두 시인 편이 더 자연스럽지 않으냐고 남자가 물었다. 그러더니 그는 묻지도 않았는데 어제 꾼 꿈 이야기를 들려주었다. 나는 그의 꿈 이야기를 읽고 다소 불쾌했는데 내용은 다음과 같다.

"묘지입니다. 나는 늘 같은 꿈을 꿉니다. 그런데 꿈은 조금씩 바뀝니다. 꿈의 등장인물은 두 발로 걷는 검정 개, 시체 한 구 그리고 나입니다. 나는 그곳에서 제초 작업을 합니다. 어깨에 수건을 걸치고 등에 빨간 기계를 메고 긴 봉을 이리저리 저으며 묘지를 관리하죠.

묘는 셀 수 없이 많습니다. 인간과 너무 오래 살아서 자연스럽게 두 발로 걷게 된 장신의 개는 축 늘어져 머리칼이 풀밭의 바닥에까지 닿는 시체를 어깨에 메고 걸어옵니다. 배경은 꼭해 질 녘입니다. 개는 지는 해를 등지고 천천히 걸어옵니다. 그래서 개의 표정을 볼 수 없습니다. 그러나 표정이 없다는 것을 느낌으로 알 수 있습니다. 개는 풀밭에 시체를 내려놓습니다. 시체를 메고 오느라 가려운 부위를 긁지 못했는지 앞발로 가슴팍을 벅벅 긁습니다. 묘지에는 느티나무가 많습니다. 나는 느티나무는 목을 맨 시체를 걸어놓기에 좋다는 생각을 합니다. 느티나무가 긴 머리를 흩날립니다. 시체는 죽었지만 바람 때문에 숨을 쉬고 있는 것 같습니다.

　개는 갑자기 네 발로 엎드립니다. 그리고 앞발로 땅을 팝니다, 삽시간에. 그리고 다시 두 발로 서서 걸어갑니다. 나는 개가 무서워 멀리서 바라봅니다. 언제 달려들지 모르니 제초 기계를 앞쪽으로 들고 말입니다. 그러나 개는 나를 향해 달려온 적이 한 번도 없습니다. 26년 동안 단 한 번도요. 게다가 개는 개처럼 짖지도 않습니다. 묵묵히 시체를 메고 와서는 그것을 얌전히 내려놓고 가슴을 긁은 뒤, 땅을 파고, 떠납니다.

　나는 천천히 시체가 있는 곳으로 걸어갑니다. 같은 사람입니다. 어제 개가 어깨에 메고 온 바로 그 사람입니다. 그 시체는 엊그제 개가 메고 온 시체이며 한 달 전, 1년 전, 10년 전 개가 메고 온 시체입니다. 개는 매일 똑같은 시체를 데리고 옵니다. 그러나 여기서 시체의 인상착의나 얼굴을 묘사하지는 않겠습니다. 그것은 죽은 사람보다 저 자신에 대해 노출하는 일일 테니까요.

　시체는 모서리에 징이 박힌 무거운 청바지를 입고 있습니다. 청바지의 왼쪽 주머니에는 늘 작은 쪽지가 들어 있습니다. 나는 그 종이를 꺼내 읽습니다. 그 사람의 이름 한 자가 적혀 있습니다. 그 글자가 그 사람의 이름인지 어떻게 아냐고요? 나도 모릅니다. 그것은 꿈이 알려줍니다. 아무도 말해주지 않아도 그것이 이름의 한 자라는 사실을 알 수 있습니다. 꿈에서는 원래 맥락도 설명도 없이 알게 되는 사실들이 있으니까요.

나는 그 이름 한 자를 그의 이름에 더합니다. 죽은 사람의 이름은 그렇게 매일 한 자씩 늘어납니다. 나는 26년을 살았고 매일 같은 꿈을 꾸며 하루도 빠짐없이 꿈을 꾸므로 그의 이름은 날마다 한 자씩 추가가 되는 셈입니다. 따라서 그의 이름은 365일에 26년을 곱해 9490자쯤 될 겁니다. 그는 내가 아는 사람 중 가장 긴 이름을 가진 사람이죠. 그러나 나는 이미 이름의 앞부분을 잊어버리고 말았습니다. 꿈속에서 내가 하는 일이란 그 사람의 이름 한 자를 알아내고 그 한 자를 외우는 일일 뿐이지요. 하지만 그마저도 곧 까먹고 맙니다. 나는 그의 성조차 모릅니다.

그 사람은 날마다 죽나 봅니다. 시체와 나는 함께 늙어갑니다. 개도 늙어갑니다. 어제 쪽지에 적힌 글자는 '수'였습니다. 그의 이름의 한 자가 수인 것입니다. 그러나 그 이름이 언제 완성될지 그리고 언제 그 사람의 이름을 완벽하게 불러볼지 알수 없고 이미 이름의 일부를 잊어버렸으므로 그의 이름을 부르는 일은 인생을 다 살아내더라도 불가능하겠죠. 그러나 꿈을 꾸면 나는 그의 이름을 알아내려고 노력합니다. 다음 날 꿈속으로 들어가면 다시 무덤이 덮어진 것으로 보아 내가 꿈에서 깨 일상생활을 하는 동안 개가 묘지로 와 흙을 덮고 돌아가는 모양입니다.

내일도 개는 시체를 메고 올 겁니다. 또 죽었군, 아직도 다 죽지 못하다니, 내일 또 죽을 거야. 나는 중얼거립니다. 개는 가슴팍을 벅벅 긁고 나는 제초 기계를 휘저으며 말입니다. 9490개의 무덤을 합쳐도 한 사람의 무덤이 완성되지 못한 풍경 속에서 나는 꿈에서 깹니다."

4. 맨드라미

내가 화가 난 이유는—사실 나에게 화가 난 것이기도 한데—그와 내가 기교를 부리고 있으며 나아가 거짓말을 하고 있기 때문이었다. 이것은 이야기 경쟁에 가까웠다.

따지고 보면 시합을 건 것은 내 쪽이었다. 내가 먼저 꿈을 지어냈기 때문이다. 어젯밤 나는 몇 달 만에 숙면했다. 꿈도 꾸지 않았다. 그런데 문득 그를 놀려주고 싶었다. 그래서 꿈을 지어냈다. 그런데 내 꿈 이야기가 그의 이야기 본능을 자극했고 그래서 남자가 이야기를 지어낸 것이다. 그의 이야기가 거짓말인 이유는 매일 같은 꿈을 꾸는 사람은 없기 때문이다.

나의 분노가 발전된 이유는 그의 이야기가 내 이야기의 일부를 모방하고 있기 때문이었다. 그런데 그의 모방은 나쁜 의도에서 비롯된 것이 아니라 창작의 기본 속성일 뿐이다. 문제는 그가 의도적으로 공통점을 만들어 모종의 공감을 형성하려 든 점이었다.

두 꿈 사이에 어떤 공통점이 있는지 이 글을 읽는 사람으로서는 이해하기 힘들 수도 있다. 그러나 금방 공통점을 짚어낼 수 있을 것이다. 사실 나는 그가 들려준 꿈 이야기를 내 식대로 바꾸어 기록했다. 그가 내게 보낸 인스타 메시지를 그대로 복사해 옮겨 쓰지 않은 이유는 나도 알 수 없다. 나는 왠지 그의 꿈을 더 자세히 이해하고 싶었는지도 모른다. 그의 메시지를 자판으로 옮겨 적었는데 그 과정에서 이야기가 내 식대로 변형되었다. 어쨌든 그의 이야기에는 개, 무덤 그리고 느티나무와 바람이 등장하며 그것만으로 그의 꿈은 내 이야기와 공통점을 형성하기에 충분하다. 참고로 내가 일기를 쓰는 이유는 어디까지나 내 이야기를 하기 위해서지 그 남자를 소개하고 싶어서가 아니다.

그는 나와 공감대를 형성하고 싶었고 그것이 실례임은 말할 것도 없다. 나는 도서관에 있는데 이 도서관에는 매일 보이는 내 또래의 여자가 있다. 나는 어제도 그녀를 봤다. 그녀는 목둘레가 늘어난 파란색 티셔츠를 입고 있다. 나는 노란 브이넥 티셔츠를 입었다. 어제의 날씨는 폭염이었기 때문에 가만히 있어도 땀범벅이 되었다. 나는 옷을 잘 갈아입지 않으므로 어제 입은 옷을 다시 입고 도서관에 갔다. 그런데 그 여자도 어제 입은 낡은 티셔츠를 그대로 입고 있다. 그녀를 힐끔거리는 순간 눈이 마주쳤는데 우리가 같은 생각을 하고 있다는 사실을 단번에 알 수 있었다. 우리는 더러워. 어제 입은 옷을 오늘도 또 입었다, 하는 같은 생각을.

그러니까 그것도 하나의 동질감이라면 동질감이겠지만 그것은 수치심을 나눠 가지는 동질감이 아니라 그것을 더 눈에

띄게 하는 동질감이었다. 나 혼자 어제 입은 옷을 또 입고 왔다면 땀에 전 옷을 빨지 않고 또 입고 왔다는 사실을 스스로 의식하지 않을 수 있었는데 그녀로 인해 나의 수치심이 배가 된 것이다.

　예전에 내가 살던 고시원 옆방에는 도수 높은 안경을 낀 아주머니가 살았다. 도수 높은 안경은 슬프다. 안경 뒤로 보이는 세계가 절단되어 있기 때문에. 겨울이었다. 새벽 세 시 경. 화장실은 복도 끝 층계참에 달려 있었다. 변기가 차가워 엉덩이를 들고 오줌을 싸야 했다. 1, 2, 3층은 남성 전용, 4층은 여성 전용이고 5층은 옥상이었다. 일전에 친구가 놀러왔을 때 친구는 '층계참에서 바로 위가 옥상인데 안 무섭니?' 하고 물었다. 그 뒤로 나는 층계참을 무서워하게 되었다. 대신 화분을 요강으로 쓰기 시작했다. 삭막한 고시원에 화사한 분위기를 만들기 위해 맨드라미와 화분을 샀는데 화분 바닥에 구멍이 뚫려 있지 않아서 맨드라미가 죽었고 바닥에 구멍이 없으니 요강으로 쓰기 좋았다. 새벽 세 시. 화장실에 요강을 비우고 돌아오는데 옆방에서 물 흐르는 소리가 들렸다. 졸졸졸졸졸. 익숙한 소리였다. 도수 높은 안경을 낀 사람이 허벅지에 꽉 끼는 바지를 열심히 내리고 참고 있던 오줌을 졸졸졸 흘려보내는 소리. 요즘 세상에 요강을 쓰는 사람이 나 말고 어딨어? 나는 졸졸졸졸졸 소리가 너무 길다는 것을 근거로 그것이 오줌이 아니라고 생각했다. 겨울밤이었다. 조용한 복도에서 졸졸졸졸졸 소리가 들렸으며 그 소리는 유난히 길었다. 나는 요강 화분을 두 손에 쥐고 거북목을 한 채 도둑처럼 움츠리고는 방문에 가까이 다가갔다. 소리는 하강 곡선을 그리며 점차 잦아들었고 마지막엔 물방울이 툭툭 떨어지는 소리가 났다. 그리고 바지를 입는 소리와 (뚜껑 있는 요강을 사용하는지) 조심히 뚜껑을 덮는 소리가 들렸다. 나는 내 방으로 들어왔다. 화분 요강을 바닥에 내려놓고 생각했다. 나 아니면 옆집 사람 둘 중 하나는 고시원을 나가야 한다고.

그러니까 나는 언제부터인가 공통점 찾기에 대한 일종의 혐오 혹은 두려움을 갖게 되었는데 그것은 단순한 공통점에 대한 두려움으로 확장되었다. 일차원적이고 별 뜻 없는 공통점—상어와 서핑 보드의 생김새가 유사하다는 것, 민수와 기진의 볼에 작은 점이 있다는 사실, 2학년 때 담임의 목소리가 내 친구의 목소리와 비슷하다는 사실—까지도 경멸하게 되었다.

5. 급소

우박이 내릴 수도 있다고 했다. 나는 어제 그에게 답장을 보내지 않았다. 지금까지 그는 연락이 없다. 도서관에 갈 때 핸드폰을 가져가지 않는데 나도 모르게 핸드폰을 챙겼다. 손바닥에 쥐고 걸었다. 길바닥이 축축했다. 오전에 비가 내렸는지 풀냄새가 진동했다. 안경알을 닦고 다시 쓴 느낌이랄까. 나는 우박을 본 적이 없다. 우박에 맞은 적은 더더욱 없다. 오늘 아침 기사에서 잔가지들이 박힌 흙 묻은 우박 사진을 봤다. 간밤에

5~7센티미터 크기의 우박이 내렸다고 했다. 담양군은 우박으로 인해 손해를 입었단다. 고추, 참깨, 오디, 복숭아, 매실이 우박에 맞고 있다고. 나는 손가락으로 5~7센티미터의 크기를 짐작해 보았다. 맞으면 꽤 아플 것이다.

그런데 우박을 맞을 일이 있을까? 나는 한 번도 우박을 본 적이 없다. 그렇게 큰 덩어리가 내 머리 위로 떨어질 수 있을까? 그렇게 대놓고 때리는 건 뭘까, 어딘가 촌스럽지 않은가? 나는 우박의 존재를 의심한다. 기사를 보아도 우박에 맞아 아파한 사람 얘기는 없고 우박 때문에 축사가, 비닐하우스가, 차량이, 참깨, 고추, 오디, 복숭아, 매실이 피해를 봤다는 얘기뿐이다. 우박에 맞아 울거나 죽은 사람 얘기를 들어야 우박의 존재를 믿게 될 것이다.

도서관에 도착했다. 핸드폰 진동을 껐다. 연락이 왔을 때 방해받고 싶지 않아서라고 일기장에 적었다. 아니, 연락이 오지 않았다는 사실을 매 순간 자각하기 싫어서였다. 휴대폰을 백팩 앞 주머니에 집어넣었다.

대출했던 경제학 서적 한 권과 식물학 서적 한 권을 반납하고 어린이 서가로 향했다. 그리고 제목에 개가 들어가는 책을 집어 들었다. 《개와 친해요》, 《개의 코가 촉촉한 이유》, 《개와 살기 위해서》. 앞의 두 권은 개의 생물학적 특성에 관한 책이고 마지막 책은 동화다.

첫 번째 책을 읽기 시작했다. 아무 데나 폈는데 개가 잘 걸리는 질병과 개가 사람에게 옮기는 병에 관한 페이지였다.

네 가지 예시가 있었는데 ④만 층위가 달랐다. ①~③은 감염된 개의 질병이 인간에게 옮는 사례들인데 ④만 병에 걸린 개에 관한 예시다. 층위가 어긋난 ④번 예시는 이상하게도 남자를 떠올리게 했다. 눈썹의 모양새랄지 턱의 각도 따위를 말이다.

그날 나는 남자의 얼굴을 유심히 본 것은 아니었는데 기억할수록 유심히 보는 것이 가능했다. 유심히 보는 행위는 그 장면이 과거가 되었을 때 더욱 가능해지는지도 모른다. 어떤 목소리는 저장해 두었다가 나중에 들을 수도 있다. 오늘 아침 나는 우박이 내렸다는 뉴스를 보고 있었다. 그때 아빠가 집을 나서며 뭐라고 말했다. 나는 그 말을 들어야 한다고 생각하고 있었는데 뉴스를 보느라 귀담아듣지 않았다. 2분 정도 지나 '아빠가 뭐라 했더라?' 하고 생각하니 "빨래 좀 걷어놔 줘."라는 말이 다시 들렸다. 그러니까 2분 전에 들은 말을 그때 듣지 않고 필요에 따라 2분 후에 듣는 것이 가능한 것이다.

나는 그의 눈썹이 짙다는 것을 깨닫지 못했는데 지금 생각하니 눈썹이 짙다. 그런데 그의 눈썹을 기억해 낸 것은 그가 그날 눈썹이라는 단어를 발음했기 때문이기도 하다. 새벽 한두 시경이었다. 맥주가 동나서 가위바위보로 편의점에서 맥주를 사올 사람을 정했다. 게스트 하우스답게 여자끼리, 남자끼리 가위바위보를 한 뒤, 진 사람들이 짝이 되어 맥주를 사오기로 한 것이다. 그리고 내가 아닌 여자와 그가 아닌 남자가 맥주를 사러 갔다. 그리고 사람들이 담배를 피우러 우르르 따라 나갔다. 거실에는 남자를 포함해 네 명이 남아 있었다. 그중 체육관을 운영한다는 사람이 남자에게 모자를 좀 벗으라고 말했다. 표정이 잘 안 보여요. 머리 안 감았어요? 왜 밤에 실내에서 모자를 씁니까? 아뇨, 저는 모자 좋습니다. 눈썹 위로 사람이 보이지 않습니다. 그때 나는 그의 눈썹을 보았고 눈썹의 양 끝이 날개처럼 뻗어 있다는 사실도 알았다. 그와 나 사이의 물리적 거리는 그대로였지만 사람들이 우르르 빠져나가서 남자의 얼굴은 더 선명했다.

나는 십 분도 안 되어 핸드폰을 꺼냈다. 연락이 없다. 화가 났다. 나는 읽고 있던 책에서 개 사진을 찍어 그에게 보냈다. 개의 급소를 설명하는 부분이었다.

답장이 없다. 화난 것일까? 내가 개 사진을 보내서? 나는 수시로 그가 내 메시지를 확인했는지 살폈다. 왜 답장이 없는 걸까? 혹시 내가 블로그에 자신에 관한 일기를 올린 걸 알았나? 그러나 내 블로그 일기는 이웃 공개인데 이웃이 아닌 그가 어떻게 읽는다는 말인가? 그렇다면 혹시 이웃인 걸까? 나는 이웃 목록을 살펴보았다. 의심스러운 이웃들의 블로그에 들어가 개의 흔적이 있는지 살펴보았다.

chomuddundon

sadtail

imnotpianist

셋으로 좁혀졌다.

이웃 chomuddundon는 전형적인 개 애호가다. 개를 키우는지 일주일에 두어 번은 개 사진을 업로드한다. 민들레 무늬가 박힌 폭신한 이불 위에 누운 개 사진, 문틈으로 보이는 개 사진(코만 보인다.), 핑크색 고무 신발을 신은 개 사진, 개의 얼굴과 자신의 이마 사진만 나온 사진. 이따금 개 사진과 함께 오늘의 날씨를 곁들이기도 한다. 비 옴. 비 안 옴. 비 안 올 것 같지만 비 옴. 비 올 것 같은데 안 올 것이 확실함. 비 옴. 비 안 옴. 비 안 옴을 장담할 수 없음. 비가 오지 않았지만 비가 온 거나 마찬가지임. 비 안 옴을 바라고 있음. 비 안 옴. 비 옴.

sadtail은 개를 키우진 않지만 이따금 개 사진을 올린다. 인터넷에서 퍼온 사진들이다. sadtail의 일기는 복권집에 관한 일기가 대부분이다. sadtail은 복권집을 하는데 1등이나 2등이 나오기는커녕 3등도 당첨된 적이 없다. 복권을 사가는 사람들이 복권에 당첨되기를 기도하는 삶, 그러니까 남의 인생이 대박 나기를 기도해야 하는 삶의 씁쓸함에 대한 일관된 한탄이 주를 이룬다. sadtail은 일기를 업로드하고 꼭 개 사진을 한 장 첨부하는데 뭐랄까 자기혐오와 푸념을 개 사진으로 극복하는 것 같다. 그가 글 말미에 첨부하는 사진 속 개는 주로 하우스 종인데, 이 개들은 모두 카메라 저편을 응시하고 있으며 꼿꼿하고 반듯하게 서 있다.

imnotpianist 님은 개가 아닐까? imnotpianist는 개 사진은 한 장도 올리지 않지만 imnotpianist의 일기를 읽으면 개가 쓴 것 같다는 느낌을 지울 수 없다. 만일 내 이웃 중에 그 남자가 있어서 내 일기를 읽고 있는 거라면 imnotpianist라고 추정해 볼 수밖에 없다.

그러나 근 한 달간 나를 이웃 추가한 새로운 이웃은 없었다. 남자가 내 일기를 읽었을 리 없다.

남자는 인스타의 프로필 사진을 내렸다. 그리고 내가 보낸 개 사진은 아직 확인하지 않았다. 그의 인스타 페이지에 들어가니 사진이 두 장 사라졌다. 그러나 그가 업로드한 83장의 사진 중 사진 두 장이 사라졌다는 사실을 알고 있다는 것만으로 자존심이 상하므로, 두 장의 사진을 묘사하는 일은 하지 않기로 한다.

6. 닌텐도

나는 어려서부터 산타를 싫어했다. 크리스마스이브였다. 엄마는 내게 현관문을 조금 열어두라고 했다. 잠든 사이 산타가 머리맡에 선물을 놓고 간다는 것이었다. 내가 갖고 싶었던 것은 잡지 《과학동아》에서 본 '씨몽키'라는 물고기와 에디슨 병아리 인공 부화기였다. 나는 과학동아를 읽지는 않았지만 날마다 똑같은 광고면을 들여다보았다. 그러나 한 번도 씨몽키와 에디슨 부화기를 갖고 싶다고 말한 적은 없었다.

크리스마스 아침 머리맡에 핑크빛 리본으로 장식된 갈색 상자가 있었다. 안에는 씨몽키가 들어 있었다. 화가 났다.

산타는 내가 씨몽키를 갖고 싶어 하는지 어떻게 알았지?

나는 자고 있는 오빠를 깨웠다. 오빠의 머리맡에도 포장된 선물이 있었다. 크고 납작한 직사각형이었다. 책 같았다. 선물 있어? 응. 나는 오빠에게 선물 꾸러미를 건넸다. 책이잖아! 오빠는 포장도 뜯어보지 않고 실망했다. 닌텐도가 갖고 싶다고 그렇게 말했는데! 오빠는 이불 속으로 들어가 훌쩍거렸다. 오빠, 갖고 싶은 걸 말했어? 나는 놀라서 물었다. 왜 그랬어? 오빠는 산타에게 보내는 편지에 닌텐도를 갖고 싶다고 적었고 사람들 앞에서 닌텐도를 갖고 싶다고 떠들고 다녔으며 자기 전에도 기도했다고 말했다. 그리고 그게 크리스마스랬다. 선물을 받으려면 말해야 했다. 그러나 산타는 내가 갖고 싶은 걸 어떻게 안 거지? 불쾌했다. 그리고 왜 내가 갖고 싶은 것을 말해야 하는 거지?

유치원에서도 선생들은 아이들에게 똑같은 카드를 나누어 주며 산타에게 받고 싶은 것을 적게 했다. 나는 소망을 말하거나 글로 적는 행위에 이상한 거부감을 느꼈고 그런 행위를 두려워했다. 사회는 산타를 통해, 욕망을 혼자만 아는 엉큼함을 제거하고 있었다. 산타는 의뭉스러운 어린이들을 없애는 교묘

한 수단이었다. 나는 본능적으로 산타가 싫었다.

심지어 산타는 세상의 모든 어린이에게 선물을 배달했다. 그 이후 '모두에게 사랑을 공평하게 나눠주는 새끼는 되지 말자'는 나의 장래 희망이 되었다. 다양한 인종의 아이들에게 둘러싸인 채, 볼록볼록 튀어나온 자루를 지고 있는 인자한 미소의 산타를 생각하면 욕지기가 일었다. 나는 모든 사람을 골고루 사랑하는 것, 그러니까 누구 한 명을 편애하지 않는 것은 무능한 게 아닌가 하고 생각했다. 그리고 개. 개는 산타의 본질을 그대로 닮지 않았는가? 과외 학생의 집에도 개가 한 마리 있다. 그 개는 처음 보자마자 나에게 꼬리를 치고, 내 무릎에 앉고, 나에게 사랑을 갈구하고, 나에게 사랑을 얻어갔다. 주인에게 주는 사랑과 똑같은 사랑을 나에게도 주는 것이다.

나는 개를 무서워하는 남자에게 나는 개와 한패가 아니라고 말하고 싶었는데 그럴 수 없게 되었다. 남자는 내가 보낸 개 사진을 확인하지 않고 있으며 인스타 사진을 하나씩 내리고 있다. 그러나 개에 관한 이야기로 그의 환심을 사 나아가 그와 공감을 도모하는 자신이 역겨웠으므로 나는 머릿속에서 개에 관한 나쁜 기억들을 지우는 데 몰두하기 시작했다.

나는 그날, 남자의 일행인 두 여자를 자세히 기억하지 못한다. 두 여자가 담배를 피운다는 사실—머리가 긴 여자가 담배를 피우러 나가면 머리 짧은 여자가 따라 나갔다—외에는 딱히 기억나는 것이 없다. 그들은 내가 에이포 용지 한 장 분량의 일기 〈나 이외의 것〉을 쓰는 동안 여러 번 젠가를 무너뜨렸다. 그때는 젠가가 무너지는 횟수를 세지 않았는데 지금 와서 세어 보니 네 번이다. 무너질 때마다 그는 죄송하다고 했고 그것은 나를 향한 것이었다. 무엇이 죄송하단 걸까. 무너진 것은 젠가이고 그들인데. 젠가가 좋은 게임인 이유는 승자가 없기 때문이다. 무너지면 다 같이 귀찮아진다. 젠가 한 조각이 내 오른쪽 발치에 떨어졌을 때, 나는 조각을 주워 그들에게 주지 않았다.

사라지기

빵을 사러 외출했다. 챙겨온 책뭉치에는 각주가 많다. 그러나 책을 찢어 읽으면 종종 각주를 놓친다. 각주가 꼭 같은 장에 달리는 것은 아니기 때문이다. 파스탈지린이라는 단어에 별표가 달려 있는데 뜻을 알 수 없다. 각주 해설이 앞 장에 적혀 있기 때문이다. 186쪽은 어제 읽은 장이므로 내게 없다. 파스탈지린. 인터넷에 검색해도 관련 정보가 나오지 않는다. 작가가 만들어 낸 개념인 듯하다. 책 안에서 해결해야 하는 개념인 셈이다. 그러니 책을 되찾지 않는 이상 나는 파스탈지린이 무엇인지 알 수 없을 것이다. 그러나 나에겐 이제 책의 일부만 남았다. 한편으로 책의 모든 문장을 완벽히 이해할 수 없다는 점이 다행으로 여겨진다.

예전에는 책을 읽을 때 책갈피나 가름끈으로 어디까지 읽었는지 표시해 두곤 했다. 문제집이나 교과서 같은 경우에는 책

배를 보면 어디까지 읽었는지 대충 짐작할 수 있다. 시커먼 부분이 읽은 부분이고 깨끗한 부분은 읽지 않은 부분이다. 그러나 이제는 표시할 필요가 없다. 사라진 부분까지 읽은 것이기 때문이다. 그래서 매번 첫 장에서 시작한다. 과거는 사라졌기 때문에. 지나가는 족족 밟은 땅이 사라지므로 뒤를 돌아보는 것이 가능하지 않다. 책을 찢어 읽는 한 되새김질과 같은 행위는 구조적으로 차단되어 있다. 나는 더 이상 돌아보지 않는다.

친구와 자주 가던 카페는 건물의 한 면이 통째로 통유리였다. 친구는 건물이 느끼는 감정이 궁금하다고 말했다. 인간도 한 면만 통유리라면 웃기겠지. '그런데 한 면이 통유리인 것은 사면이 통유리인 것과 다를 바가 없어. 한 면만 투명해도 내부를 훤히 들여다볼 수 있으니까.' 친구는 말했다. 내가 카페에 먼저 도착하면 친구는 카페에 들어오기 전에 내가 어디 있는지 밖에서 대충 가늠하고 들어왔다. 건물 앞 주차장을 건너오면서 통유리를 통해 내가 어디 앉았는지 미리 살필 수 있기 때문이었다. 누군가의 위치를 미리 알고 입장하는 것과 건물 내부로 들어와 찾는 것은 다른 감정을 동반한다. 건물 밖에는 거리의 소음이 있고 건물 안에는 매장에서 틀어놓은 음악이 흘러나온다. 그것은 전혀 다른 소음 속에서 소중한 인간을 찾는 일이다. 누군가를 찾는 일은 언제든 신경이 조금은 곤두서는데, 외부의 백색 소음은 불안을 잠재워 준다. 친구는 밖에서 나의 위치를 대충 확인하고 들어와 금방 나를 찾아왔다.

우리가 자주 가던 카페의 주차장 관리인은 조금 특이했다. 모퉁이에는 작은 주차장 관리실이 있었는데 관리인은 더우나 추우나 바깥으로 꺼내놓은 푸른색 플라스틱 의자에 앉아 전방을 응시했다. 그는 플라스틱 의자를 방의 내부와 바깥의 경계에 애매하게 걸쳐놓고 위태롭게 앉아 있었다. 아니, 위태로운 건 의자였다. 관리인은 되려 평온해 보였다. 그것이 최적의 자세라는 듯. 그는 푸른 의자에 앉아 카페를 드나드는 사람을 관찰했다. 그는 특히 행인들의 발을 쳐다보았다. 나는 주차장을 지나갈 때마다 그의 시선을 느꼈다. 그런데 관리인은 내가 아니라 나의 발바닥을 보는 듯했다. 지나갈 때 그의 시선은 나를 따라 움직이지 않는다. 그는 그저 한 점을 응시하고 있는데 그 점을 우리가 밟고 지나가기 때문에 어쩔 수 없이 그의 시야에 우리가 들어오는 것에 가까웠다. 주차장 관리자가 하는 일이란 그 점을 밟고 지나간 인간의 운동화 밑창을 상상하는 것인지도 모른다. 그러나 그 일은 성공할 수가 없을 것이다. 발바닥은 인간의 신체 구조상 가장 밑바닥이고, 그만큼 알려지지 않은 곳이기 때문이다.

내가 창가에 앉아 있으면, 주차장을 건너온 친구가 책으로 유리를 살짝 두드리곤 했다. 나는 고개를 들어 친구를 봤다. 나는 성경을 읽고 있었다. 당시에 나는 친구를 이해하기 위해 친구가 읽는 성경을 읽었다. 나중에는 구원의 작동 방식과 원리가 궁금해서 성경을 읽었다. 성경을 읽으면서 발견한 점은, 신은 절대 나서서 구원하지 않고 꼭 사람을 보낸다는 사실이다. 지문이 남는 게 두려워서인가. 가령, 신은 요아스의 아들 여로보암을 보내 사람을 구원하도록 한다. 세상이 장비나 온갖 도구들을 넣는 공구 상자라면 재료나 인력을 공구 상자 안에서 해결하는 것이다. 외부에서 뭔가를 끌어오지 않고 이곳에 있는 것을 활용하는 자급자족형 구원. 어딘가에 게임 말이 서 있다. 그 말은 죽어가고 있다. 구원이 시급하다. 그래서 신은 구석에 서 있는 말을 죽어가는 말 쪽으로 옮긴다. 그러자 죽어가던 말이 소생한다. 사람에게 사람을 보내 사람을 살리는 것이 구원의 구조다.

친구가 잠시 내 원룸에 들어와 살았을 때였다. 나는 침대에서 나오지 않는 친구를 끌어내 우리가 예전에 잘 다니던, 학교를 등지고 20분 정도 걸으면 모습을 드러내는 '블랙홀'이라는 카페에 갔다. 우리는 블랙홀에서 간단히 샌드위치로 끼니를 했다. 친구는 딸기주스를 주문했는데 물맛이 난다고 말했다. 그 무렵 친구는 어떤 음식을 먹어도 물맛이 난다고 했다. 나는 추워서 빌려 입고 있던 친구 외투 주머니에 무심코 손을 찔렀다가 접힌 종이를 발견했다. 종이를 꺼내니 친구는 정신과에서 받은 검사지라고 했다. 우리 동네로 오면서 정신과를 바꾸어서 검사를 다시 받았다고 친구는 말했다. 친구는 내가 그녀 쪽으로 펼친 종이를 다시 내 쪽으로 돌리며, 한 부분을 가리켰다.

"기분 부전."

친구가 말했다.

"서질 않는 거야, 기분이."

검사지를 살펴보니, 친구는 특정 공포, 동기 결여, 자기 비하, 자살 사고, 소화기 증상, 낮은 자기 개방, 그리고 염세적 신념의 수치가 높았다. 또 다른 검사는 '이화 방어기제'라는 이름의 검사였는데, 10점 만점에 허세는 9점, 통제는 9점, 그리고 유우머는 9점이었다. 친구가 유우머를 손가락으로 가리키며 킥킥 웃었다. 정신 의학에서 '유머'의 정식 명칭은 '유우머'이고, '유우머'는 정신 질환을 판단하는 척도 중 하나인 모양이었다. 의사의 진단은 친구가 허세와 유우머 그리고 통제 세 가지를 이용해 자기방어를 한다는 것이었다. "유우머가 유머인 게 유머네."

나는 쓸쓸하게 웃었다. 나는 딸기주스를 한 모금 마시며, 친구가 시인이 될 덕목은 다 갖춘 것 같다고 유우머를 날렸는데, 이런 자조적인 농담을 던지는 나란 인간도 허세, 유우머, 통제를 이용해 자기방어를 하는 기분 부전 인간이 아닌가, 하는 작은 쓸쓸함을 느꼈다. 우리는 샌드위치를 반이나 남기고 카페를 나갔다.

그다음 주 목요일 친구는 죽었다. 그녀의 동생이 소식을 전해주었을 때 나는 그것이 꿈도 현실도 아니라 농담 같은 건 줄 알았다. 친구의 자살은 친구가 내게 남긴 마지막 유우머였다.

✦

빵을 사고 아르떼에 갔는데 못 보던 자전거가 세워져 있었다. 노란색 자전거였다. 그리고 한 동양인 남자가 테이블에 앉아 있었다. 카페에는 테이블이 두 개밖에 없어서 서로 마주 보게 된다. 나는 카페라떼 한 잔과 딸기잼 스콘을 주문하고 가져온 책 뭉치를 풀어 몇 장을 읽고 일기를 썼다. 맞은편에 앉은 사람은 생각보다 자리를 오래 지키고 있다. 컵 받침 없이도 테이블에 물기가 없다. 반면 나는 커피를 마실 때마다 컵에서 물기가 흘러 책 뭉치와 일기장을 적셨다. 그는 작은 넷북을 켜놓고 작업하고 있었다. 가만 보니 음료를 들지 않고 마시는 게 비법인 듯했다. 그는 음료를 마실 때 컵을 드는 대신 고개를 숙여 빨대에 입을 가져갔다.

"Where is the washroom? (화장실은 어디예요?)"

그는 카운터 쪽으로 향하더니 주인에게 물었다. 나는 속으로 낄낄 웃었다. 워시룸이라니. 저 사람은 한국인은 아닐 거야. 아마 미국인이거나 중국인 아니면 일본인이겠지. 나는 생각했다. 한국에서 화장실을 restroom이거나 toilet 혹은 bathroom이라고 배우니까.

비변화

1. 이동

황구는 이방을 여행하고 있다. 해는 쨍쨍하고 하늘엔 구름 한 점 없다. '세상이 무빙워크 같군.' 황구는 생각한다. 가만히 있어도 바닥이 그녀를 어디론가 옮겨주는 것 같다. 그녀는 가려는 의지 없이 어디론가 가고 있다. 황구는 여행을 떠나고 싶지 않았다. 그녀는 여행에 별 관심이 없었다. 다만, 남들이 자연히 좋아하는 것을 좋아하지 못하는 건 손해가 아닌가 싶었다. 그래서 여행을 좋아해 보려고 여행을 떠났다. 황구에게는 친구가 한 명 있다. 친구의 이름은 파치. 파치는 황구에게 어떤 나라의 수도인 그라벨라를 추천했다. 파치는 황구더러 그라벨라에 가면 꼭 어떤 화가의 그림을 보고 오라고 했다. 그 작품은 그들이 좋아하는 소설에 나오는 그림이었고 그라벨라는 그 소설의 배경이기도 했다. 파치는 말했다.

"예술 작품의 배경이 된 고장을 찾아가는 것은 작품을 즐기는 하나의 재미다."

황구는 의아했다.

'왜 그걸 직접 보고 싶지?'

황구는 이해할 수 없었다. 영화 촬영지나 소설의 배경이 된 장소, 그리고 등장인물이 살았던 곳을 직접 방문하고 싶은 마음, 혹은 작품에 등장한 물건을 눈으로 보고 싶은 마음, 실물을 보고 싶어 하는 욕구. 그것이 황구에게는 없었다. 그것이 무엇을 달래주는지, 어떤 만족감을 주는지 그녀는 이해되지 않았다. 그래서 황구는 자신에게 문제가 있는 게 아닌가 싶었다. 남들에게는 자연스러운 무언가가 자신에게는 자연스럽지 않다는 사실이. 그래서 황구는 그림을 보러 갔다.

그녀는 난생처음 여행을 떠난 것이다.

황구는 그라벨라의 한 미술관을 찾아갔다. 입구에는 '잘못된 시간으로 환영함'이라는 문구가 적혀 있었다. 황구는 전시장으로 들어갔다. 크기가 제각각인 그림들이 벽에 걸려 있었고 관람객들은 저마다의 방식으로 작품을 관람했다. 어떤 사람은 멀리서 그림을 뚫어져라 쳐다보다가 그림을 접주려는 듯 코앞까지 달려가 그림을 째려보았다. 어떤 사람은 작품 옆에 적힌 작은 설명을 읽었고 누군가는 도슨트의 도움을 받았다. 13분 정도 지나자 황구는 다리가 아팠다.

'그래도 파치의 말처럼 소설에 등장한 그 그림은 좀 다르지

않을까?'

황구는 모르는 작품은 확확, 지나쳤다. 그리고 작은 방에서 그 그림을 발견했다. 황구는 그 앞에 서 보았다. 그녀는 이제 대상이 그녀를 즐겁게 해주거나 웃겨주거나 당혹스럽게 하거나 어이없게 하거나 짜증나게 하거나 슬프게 하거나 그것도 아니라면 기도라도 하게 해주기를 바랐다. 황구는 기다렸다. 황구는 그림을 빤히 바라보고 있다. 하지만 아무것도 느낄 수 없었다. 그녀는 실망했다. 그것은 자기 자신에 대한 실망이었다. 눈앞의 작품이 진품이든 아니든, 소설에 나온 작품이든 아니든, 예술 작품이든 쓰레기든 황구에겐 놀랍도록 차이가 없었다. 황구는 그림뿐 아니라 연극과 같은 공연에도 불감증이 있었다. 실물에의 무관심은 그녀의 작은 콤플렉스였다. 실물은 그녀에게 영향을 미치지 않았던 것이다. 다만 시간을 낭비했다는 느낌만 있었다.

'이딴 걸 보러 왜 이 먼 곳까지 온 거지?'

황구는 느끼지 못한 것을 벌충하기 위해 뭐라도 해야 했다. 늘 그랬다. 세상이 실망이어서 일기나 썼다. 부족한 느낌을 채우기 위해서. 황구에게 일기란 남들보다 더 느끼는 사람이 쓰는 것이 아니라 덜 느끼는 사람이 쓰는 무엇이었다. 황구는 뮤즈를 믿지 않았다. 실망하지 않았다면 왜 뭐라도 하려는 거지? 지루함의 천재 황구가 글을 쓰는 이유는 무언가에 실망했기 때문이었다. 그것만이 그녀로 하여금 펜을 쥐게 했다. 부족한 실제감을 다른 방식으로 주유할 때만 미약하게나마 뭔가를 느낄 수 있었으므로. 그녀가 살아 있는 이유는 만회의 다른 이름이었다.

이제 황구는 미술관에서 나와 터덜터덜 걷는다. 어디 좀 들어가 다리를 주무르고 싶다. 그런데 보이는 카페들은 죄다 시끄럽고 경박하다. 그녀는 골목을 걷다가 어떤 카페를 발견했다. 카페의 측면은 잔잔한 물결무늬로 수 놓여 있고 그것의 고요함이 그녀를 안으로 이끌었다. 그녀는 측면에 나 있는 작은 계단을 통해 안으로 들어갔다. 테라스에는 1인용 나무 테이블 세 개가 띄엄띄엄 놓여 있었는데 테이블마다 의자는 한 개만 놓여 있었다. 맞은편이 필요 없는 손님을 위한 테이블이었다.

종업원이 다가오자 황구는 수박주스와 아메리칸 블랙퍼스트를 주문했다. 그리고 여느 때와 같이 일기를 쓰기 위해 가방에서 공책과 필통을 꺼냈는데 공책 사이에 끼워져 있던 볼펜이 바닥에 떨어졌다. 그런데 바닥에 부딪히는 소리가 나지 않았다. 이런 일은 황구에게 유독 자주 일어났다. 물건을 떨어뜨렸는데 떨어졌다는 느낌만 있고 소리가 나지 않는 것이다. 바닥을 둘러봐도 물건을 찾을 수 없었다.

'날아갔나?'

그럴 때 황구는 즐겁고 기묘한 인상을 받았다.

'물건이 사라졌다! 순간 이동을 한 거지. 다른 세계로 통하는 신비의 입구가 있는지도 몰라.'

영화를 보면 어떤 인물은 허공에 손을 휘휘 저어 원을 만든 다음 그 원으로 들어가 다른 시공간으로 이동한다. 어떤 인물은 난로에 들어가 주문을 외워 다른 공간으로 이동한다.

'그런데 만일 저쪽에서 손바닥이나 맨홀 뚜껑 같은 것으로 입구를 막고 있으면 어떡하지? 그럼 이동자는 이쪽과 저쪽 사이에 끼게 될 텐데…. 그런 이들을 위해 통로에 비상식량이나 비상 휴대폰을 구비해 놓는 것도 한 방법일 거야.'

황구는 생각했다.

황구는 바닥에 떨어뜨린 연필을 찾을 수 없었다. 떨어뜨린 연필은 몽당연필에 알루미늄 펜대를 끼운 것으로 바닥에 떨어질 때 필시 소리가 날 것이었다. 소리가 나지 않은 것으로 보아 의자와 벽 사이에 꼈거나 무릎에 떨어졌거나, 하여간 바닥이 아닌 곳, 바닥과 테이블 사이 허공 어딘가에 존재를 감추고 있을 것이다. 이러한 상태를 황구는 '잠재적 떨어짐 상태' 혹은 '떨어짐의 중간 상태'라고 명명했다. 아니면 물건은 다른 시공간으로 이동한 걸지도 모른다.

'그건 좋은 일이지.'

황구는 생각하며 필통에서 똑같이 생긴 연필(몽당연필에 알루미늄 펜대를 끼운 것)을 꺼내 일기를 썼다.

테이블 위에는 원목 냅킨꽂이가 놓여 있고 그 옆에는 투명 플라스틱 메뉴판이 서 있다. 황구는 주스를 마시며 일기를 쓰고 있다.

"오늘도 잠이 오지 않았다. 졸리지 않는 이유는 아직 살지 않았기 때문이다… 덜 살았다는 게 문제의 원인이다. 덜 살았다는 게… 그런데… 덜… 사는 것은 더 사는 거나 적당히 사는 것보다 어려운 일이다… 오늘도 먹을 것을 찾으러 배회했다…"

따위의 일기를. 종업원은 채소 스크램블과 프렌치토스트, 샐러드 그리고 작은 빵과 오트밀로 구성된 아메리칸 블랙퍼스트를 가져다주었다. 그리고 케첩 통도. 황구는 자리를 마련하기 위해 일기와 필기구를 가방에 대충 쑤셔 넣고, 서 있는 메뉴판과 냅킨 홀더의 자리를 조율하기 위해 손을 갖다 댔는데 잘못 건드리는 바람에 냅킨 홀더가 바닥에 떨어졌다. 그런데 방금 테이블에 접시와 케첩 통을 내려놓은 종업원이 황구보다 먼저 그것을 주웠다. 그리고 카운터로 가져가 버렸다.

'자리가 부족해 보여서 그러나 보군.'

황구는 생각했다.

황구는 오랜만에 식사다운 식사를 하며 여유를 만끽했다. 포크와 나이프를 이용해 프렌치토스트를 한 입 크기로 썰어 꿀에 푹 찍어 먹었다. 약간의 허기를 달랜 뒤 황구는 그릇을 옆으로 조금 밀어 자리를 마련한 뒤 공책을 꺼내 몇 글자를 끄적였다. 그런데 공책을 잘못 움직이는 바람에 테이블 위에 서 있던 플라스틱 메뉴판이 가장자리로 내몰리더니 바닥으로 추락했다. 그것이 바닥에 떨어지는 소리가 났다.

'아이쿠, 내 물건도 아닌데.'

황구는 식탁 아래로 허리를 굽혀 떨어진 물건을 찾았다. 그때, 누군가 뒤에서 기다렸다는 듯이 다다닥 달려왔다. 그 소리에 황구는 약간 위협을 느꼈다.

종업원은 긴 팔을 뻗어 떨어진 메뉴판을 주웠다. 황구는 허리를 굽힌 채 고개만 돌려 종업원의 뒷모습을 보았으나 그의 뒷모습은 왠지 냉담했다. 황구는 이제 조금 언짢았다.

'나도 주울 능력이 있는데! 떨어트렸다는 죄목으로 압수하는 건가?'

그녀는 식사 전에 떨어뜨린 연필의 행방이 문득 의심스러웠다. 어떤 존재들이 CCTV를 통해 항시 황구의 행동을 감시하고 있다가, 그녀가 물건을 떨어트리면 '탈락!' 하고 (자기들끼리) 외치고서 사람을 보내는 것은 아닐까. 물건을 떨어트린 자를 벌하기 위해, 물건이 미처 다 떨어지기도 전에 허공에서 낚아채는 건 아닐까. 황구는 문득 안 보이는 무시무시한 존재가 자신의 삶 곳곳에 잠복하고 있었다는 인상을 받았다. 살면서 그녀가 떨어트린 물건은 수도 없이 많았다. 그 물건들은 대체 어디로 사라졌을까? 황구는 화가 났다. 손에서 놓친 뒤 다시는 만나지 못하게 된 물건들. 연필, 마우스, 모자, 단추, 집게….

그 순간 황구의 머릿속에는, 한 번 점프했다가 영원히 멈춰버린 존재들의 사진이 떠올랐다. 사진 속 존재들은 점프를 하고 있다. 붓을 든 화가는 시선은 살짝 위로 한 채 점프하고 있고 그 앞에 있는 화판도 점프하고 있다. 화판도 점프 중, 고양이 세 마리도 점프 중, 물도 점프 중, 그리고 좌측에 있는 의자도 점프 중이다. 그 사진을 떠올리니 황구는 문득 점프가 묘하다고 생각했다. 제자리에서 점프를 해도 절대 점프 이전과 같은 좌표일 수 없다.

'그래서 점프를 하고 난 뒤에는 자신이 영영 달라지는 기분이 드는 걸까? 점프를 할 때마다 옷이 바뀌고, 얼굴이 바뀌고, 마음이 바뀌고, 성격이나 정체성이 바뀌면 세상이 더 발랄해질 텐데. 내가 마음에 들지 않을 때마다 점프를 하는 거지. 뭔가 미묘하게 리셋되는 기분이 들 거야. 그런데 점프를 했는데 그대로 멈춰서 바닥으로 내려오지 못하면 어떡하지? 사진 속 존재들처럼. 정말 재밌겠어!'

황구는 생각했다. 멈춘 사진은 점프한 존재들의 착지를 지연시키고 있었다. '바닥이 싫어, 바닥이 싫어. 재미있는 건 허공이야.' 사물들은 외치는 것 같고 콧수염이 긴 화가는 웃는 얼굴로 고개를 절레절레 흔들고 있다. 황구는 사라진 연필을 생각했다. '점프를 한 다음 사라진 거야.'

그런데 황구가 그 사진을 좋아하는 것은 아니었다. 사물들이 점프하는 사진을 찍기 위해 사진 속 화가와 사진가는 여섯 시간 동안 고양이를 총 스물여덟 번 던졌기 때문이었다. 게다가 의자가 점프하는 것처럼 연출하기 위해 화면 밖에서 조수가 의자의 한쪽 다리를 들고 있었다고 한다. 과연 사진에는 의자의 세 다리만 보인다. 황구는 보이지 않는 의자의 다리 한쪽을 생각했다.

'이 우주는 세상의 일부만 볼 수 있도록 설계되어 있는 건 아닐까. 사실 세상은 점프하는 척하는 의자일 뿐인지도 몰라. 지구가 허공에 둥둥 떠 있는 것처럼 보이는 이유는 세상 밖의 어떤 존재가 의자의 한쪽 다리를 들고 있어서인 거야!'

그랬다. 황구는 연필을 떨어뜨렸을 때, 연필이 미묘하게 점프한 것을 느꼈다.

떨어진 냅킨 홀더를 주우려고 허리를 굽혔던 황구는 허리를 펴다가 식탁에 머리를 쿵, 하고 찧었다. 그래서 식탁에 있던 포크와 나이프 그리고 공책, 필기구 등, 자잘한 소품들이 바닥으로 우두두 떨어졌다. 마침 바닥과 가까워 유리했던 황구는 물건들이 떨어진 자리를 한눈에 스캔했다. 그것은 눈으로 못을 박는 의식 같은 건데, 물건들이 달아나거나 사라지는 것을 방지하기 위해서였다. 물건에게 실제로 순간 이동이라는 능력이 있을지라도 대놓고 그런 마법을 쓰지는 않을 터였다. 황구는 떨어진 물건들을 주섬주섬 주워 품에 꼭 껴안았다. 오래전에 그녀의 곁을 떠난 물건들을 되찾는 심정으로. 황구는 공책과 포크, 나이프 그리고 필기구를 품에 안고, 테이블에 머리를 박지 않게 주의하며 허리를 폈다. 그리고 제 할 일을 하기 위해 다시 나타난 종업원을 무섭게 노려보았다. 그러자 종업원은 새 포크와 새 나이프를 가져다주기 위해 돌아갔다.

그사이, 황구는 자신의 물건과 포크와 나이프 모두를 품에 안고 측면 계단을 통해 카페를 황급히 빠져나갔다. 그러자 종업원은 새 포크와 나이프를 그대로 들고 타조처럼 황구를 마구 쫓아왔다. 그러나 전직 육상 선수인 황구를 따라올 방법은 없었다.

황구는 상대방을 완전히 따돌리자 천천히 걸었다. 그녀는 이방인이었으므로 자신이 어디로 가고 있는지 몰랐다. 그녀는 그저 걸었다. 걷다가 빵집에서 난 화재 현장을 목격했으며 곧이어 떠돌이 개를 만났는데 5년 전에 자신이 잃어버린 개와 똑같이 생겨서 갑자기 눈시울이 붉어졌다.

'이방이란 정말 이상하군! 끊임없이 이상한 게 출몰해.'

그녀는 사람들이 여행을 좋아하는 이유가 약간 이해될 것도 같았고 이런 생각만으로 자신이 조금 변한 것 같았다. 좋은 쪽인지 나쁜 쪽인지는 모르겠지만 말이다. 그런데 골목에서 나왔을 때 황구는 고개를 휙, 돌려야 했다. 아주 오랜 기간 그녀를 괴롭혔던 사람이 건너편 인도에서 챙이 넓은 모자를 고쳐 쓰고 있었기 때문이었다. 사람들이 모자를 쓰는 모습은 황구에게 언제나 불가해한 풍경으로 다가왔다. 황구에게는 세상이야말로 커다랗고 깊은 모자였다. 황구에게 산다는 것은 길을 걷다가 거대한 모자가 푹, 덮이는 경험이었다. 언제나 어딘가에 살짝 가려져 있는 느낌. 모자는 어느 날 거대해지기도 했고 어느 날은 줄어들었다. 황구의 입장에서 세상은 모자였고 깊은 모자는 본인이 내킬 때마다 그녀의 몸 전체를 확, 덮었다. 커다란 모자에 갇히는 바람에 시야는 자주 깜깜해졌다. 그럴 때 황구는 "세상이 날 잡았군." 하고 육성으로 지껄이며 눈을 꼬옥 감았다. 따라서 황구는 모자를 쓰는 인간이 이해되지 않았다. 세상이 모자인 마당에 왜 모자를 사 머리에 쓰는 거지? 황구는 그런 인간들을 '이중 모자'라고 일컬었다. 모자 위에 모자를 또 쓴 얼간이. 그리고 골목을 꺾었을 때, 길 건너편에서 모자를 고쳐 쓰고 있는 남자를 보자 실소가 터져 나왔다.

"저 새끼를 이방에서 다시 보게 될 줄이야."

그도, 세상이 모자인데 그 위에 모자를 하나 더 쓰는 이중 모자족이었다. 그 남자는 오래전에 황구를 지속적으로 괴롭혔던 자였다. 이제 와서 이중 모자가 황구를 어떻게 괴롭혔는지 구구절절 설명하는 일은 부질없을 것이다. 대신 황구가 이중 모자에게 한 황당한 복수에 관한 이야기가 더 우리를 더 즐겁게 할 것이다.

2. 두 개의 겹친 모자

세상에는 타인을 괴롭히면서 의도는 선한 자들도 많다. "나쁜 의도는 없었어…" 이중 모자에게 따진다면 그는 이렇게 답할 것이다. 그리고 그 말은 사실이다. 하지만 황구는 답할 것이다. "문제는 네가 그 정도의 의도밖에는 가질 줄 모른다는 거다."

악의 없이도 남에게 피해를 주거나 심각한 상처를 줄 수 있다는 사실은 익숙한 얘기다. 그런데 악의에는 두 가지 의미가 있다. 첫 번째 악의는 한자 '惡意'를 쓰며 익히 알고 있듯 '나쁜 마음'이라는 뜻이다. 두 번째 악의는 '惡衣'라는 한자어를 쓰는데 '너절하고 조잡한 옷 또는 질이 좋지 않은 옷'을 뜻한다. 둘은 사전에 동음이의어 등록되어 있지만 황구가 생각하기에 둘은 뜻이 같았다. '질 좋지 않은 옷'. 이중 모자는 질 나쁜 옷이었다. 이중 모자가 저지른 나쁜 짓 중 하나는 말이 너무 많다는 점이었다. 경우에 따라, 말이 많은 것은 타인에게 상처가 되기도 한다. 내용과 무관하게 '말 많음'이라는 현상은 누군가에게 자연재해로 느껴진다. 그것은 망치로 귀를 때리는 것과 같다. 그리고 원치 않는 지속적인 연락은 물고문이다.

〈물고문〉
　사람을 침대에 눕힌다. 움직일 수 없도록 줄로 묶는다. 그 사람의 이마에 1시간에 한 번씩 물방울을 떨어뜨린다, 한 방울씩.

아름다운 첫 번째 물방울

.

.

아름다운 두 번째 물방울

.

.

아름다운 세 번째 물방울

.

.

아름다운 네 번째 물방울

.

.

(10일의 시간이 흐른다)

.

.

아름다운 72번째 물방울

.

.

(알 수 없는 시간이 흐른다)

.

아름답고 속을 알 수 없는 물방울이 바위로 변한다.

한 시간에 이마에 물방울을 하나씩 떨어뜨리는 것을 한 달 동안 반복하면, 물방울은 바위로 변한다. 누워 있는 자는 이제 한 시간에 한 번씩 거대한 바위가 이마 위로 떨어져 자신의 머리가 깨졌다고 느낀다. 그런데 머리가 깨지지 않아서 더 깨질 수 있으므로 끝도 없이 머리가 깨진다. 이제 그는 한 방울의 물방울에 맞아 죽는 사람이 된다.

죽어

.

.

죽어

.

.

(10일의 시간이 흐른다)

.

.

죽어

.

.

(시간이 흐른다.)

.

.

'죽어'는 사람의 머리를 깰 수 있는 바위로 변한다.

황구는 이중 모자의 괴롭힘을 일기장에 세세히 기록했다.

이중 모자가 내게 책을 추천했다. 나는 그 책을 읽고 별 감흥

이 없었다. 그래서 '네가 말한 대로 엄청 좋은지는 잘 모르겠는데?' 하고 말했다. 이중 모자는 말했다 '번역본으로 읽어서 그래. 번역 때문에 그래. 번역 때문에.' 그리고 어느 날, 나는 그가 추천한 다른 책을 읽고 그에게 말했다. "진짜 재미있더라. 너무 좋았어." 그러자 이중 모자는 말했다. "번역본으로 읽으면 안 되고, 원문으로 읽어야 돼. 그게 진짜야." 그는 내가 아무것도 느끼지 못길 바라는 듯하다. 그는 내가 느낀 것을 헛것으로 만들기를 좋아한다.

황구는 어느 날, 자신이 너무 많이 참았다는 사실을 깨달았다. 그래서 결심했다. 이중 모자가 한 번 더 황구의 심기를 거스르면 즉시 화를 내겠다고. 황구는 평소보다 이중 모자를 만나는 시간을 늘렸고, 그의 실수를 기다렸다.

3. 급

화가인 이중 모자에게는 개인 화실이 있었다. 황구는 복숭아나 사과를 들고 그의 작업실로 찾아가곤 했다. 황구는 이중 모자가 실수를 저지르도록 유도했다. 그러나 멍석을 깔고 기다리면 오던 호랑이도 도망간다더니, 그녀의 노력은 별 소득을 거두지 못했다.

그러던 어느 날, 올 것이 왔다.

작업실에서 나가려는 찰나, 이중 모자가 말실수를 한 것이다. 그러나 그것은 그가 평소에 저지른 만행들에 비하면 너무 하찮고 사소했다. 황구가 준비하고 갈고닦은 화에 비하면 왜소했던 것이다.

'급이 안 맞잖아.'

황구는 자신의 화가 더 나은 환경에서 표출되어야 한다고 생각했다. 그 정도로 화를 내면 황구만 속 좁고 이상한 사람이 될 것이었다. 그래서 황구는 이중 모자가 더 제대로 자신에게 상처 입히기를 기다렸다.

그렇게 몇 달이 흘렀다. 그런데 본능적으로 위기를 감지하는 능력 때문인지 이중 모자는 잠잠했다. 이따금 자잘한 실수를 저지르긴 했지만 어디서 배웠는지 없던 교양을 발휘하며 즉시 사과했다. "아, 미안. 방금 내가 선을 넘었어." 황구는 하릴없이 조금 더 기다렸다.

이중 모자의 화실에 복숭아를 들고 찾아간 어느 날이었다. 이중 모자는 커다란 캔버스에 첼로를 켜는 연주자를 그리고 있었다. 연주자는 첼로를 껴안듯 연주하고 있었다. 포옹하는 자세를 보여주는 것이 연주의 목적인 것처럼. 아니나 다를까 작품의 제목은 〈연인〉이었다. 식상하기 그지없다고 황구는 생각했다. 황구는 식상함이 타인에게 피해를 끼칠 수 있는지, 혹은 실수가 될 수 있는지, 그래서 화를 내도 되는지 생각해 보았지만 그건 좀 아닌 것 같았다. 그래서 황구는 짜증이 났다.

'저렇게 그림이나 그리고 있으면 언제 나한테 상처를 주나…'

황구는 기다리는 게 지겨웠다. 그러다 자신도 모르게 이중 모자의 뒤통수에 대고 읊조렸다.

"제대로 좀 해봐라."

이중 모자가 뒤를 돌아보았다.

"뭐라고 했어?"

순진무구한 얼굴.

"작품 제목이 왜 〈연인〉이냐고."

"음… 글쎄? 서로의 귀를 보호하기로 약속한 사람들이 연인 이니까?"

그 말은 상처가 되기에는 모자랐다.

4. 화

그렇게 넉 달이 지났다. 이중 모자와 황구는 'I'll say…'라는 이름의 카페 갔다. I'll say…라니. 카페의 이름을 짓던 카페 사장은 본인도 무슨 말을 해야 하는지 몰랐던 것이다. 말을 흐리는 것들을 조심하라고 황구의 어머니는 말씀하시곤 했다. I'll say…. 그러나 황구는 카페의 이름이 왠지 마음에 들었다. 그녀도 할 말이 있었기 때문이다. 오늘이야말로 이중 모자에게 속에 담아왔던 말을 하게 될 날인지도 몰랐다. 공간이 주는 암시에 황구는 조금 들떴다.

I'll say…에서 이중 모자는 아메리카노를, 황구는 모카라떼를 주문했다. 그리고 그들은 2층의 창가 자리에 앉았다.

"여기 wifi 비밀번호가 뭐지?"

황구는 영수증 하단을 살폈다.

IP : I'll say...

PW : I'll say… I'll love you…

뗙! 말을 또 애매하게 하는 것이다.

'너를 (언젠가) 사랑할 거라고 나는 (언젠가) 말할 것이다라니. 미래가 그다음 미래에게 책임을 떠넘기고 있군. 무책임한 무지렁이 미래 중독자 새끼…'

황구는 속으로 으르렁거리며 이중 모자를 노려보았으나 이중 모자는 감수성, 아니 눈치를 가져본 적이 없었으므로 그녀의 속을 헤아릴 턱이 없었다.

I'll say… I'll say…

"오늘은 말해야겠어."

그녀는 다짐했다. 주문한 커피를 마시며 이중 모자는 먹어보지도 않은 I'll say…의 시그니처 메뉴인 아몬드크루아상에 대해 품평했다. 그녀는 모카라떼를 홀짝이며 언제쯤 이중 모자가 실수를 저지를지 기대했다. 그러나 이중 모자는 홍수처럼 말을 쏟아내지도 않았고 오히려 약간 다정했으며, 그가 다음에 오면 아몬드크루아상을 사주겠다고 말했을 때 황구는 거의 미안함을 느끼기까지 했다. 그를 너무 미워해서 죄책감이 들었다. 어쩌면 미워할 대상이 필요해서 그를 데리고 있는 건 아닐까, 그녀는 생각했다.

'약해지지 마.'

그녀는 자신에게 말했다. 둘은 아무런 다툼 없이 헤어졌다.

그러나 그날 밤, 황구는 침대 위에서 갑자기 열불이 나 씩씩대며 창가에서 열을 식혔다. I'll say…에서 이중 모자가 황구에게 어처구니없는 말을 했던 것을 갑자기 깨달은 것이다. 그런데 그 순간에는 웃어넘길 만하게 느껴졌다. 그러나 우리를 진정 열 받게 하는 타인의 실수는 현장에서 포착되지 않고 곱씹는 과정에서 서서히 그 본성을 드러내기 마련이다. 진정한 악은 해석을 통해 정체를 드러내기 때문이다. 그래서 악은 현장에서 체포가 어려우며 세상의 몇 안 되는 현자들만이 현장에서 악을 처리한다. 반면 깊은 모자를 쓴 것만으로 사는 것이 버겁고, 모자만 쓰면 앞이 침침해지는 황구 같은 호구에게는 어림도 없었다. 호구의 특성은 시간이 지나서야 자신이 속았다는 사실을 알아차린다는 점이다. 그리고 그때 가서 따지면 상대방은 사과는 고사하고 "그걸 왜 지금 와서 말하세요?" 따위의 반응을 내보이며 상대방을 속 좁은 사람으로 몰아가곤 한다.

황구는 I'll say…에서 이중 모자가 한 말이 얼마나 폭력적이었는지 깨달았다. 이것이야말로 그녀가 아껴놓은 화에 걸맞았다. 중요한 것은 실수를 저지른 시점과 화를 내는 순간의 시간적 격차를 최대한 줄이는 것이었다. 그녀는 분을 삭이며 일단 잠을 잤다.

그리고 아침에 눈을 떴을 때도 황구는 여전히 머리끝까지 화가 나 있었다. 그녀는 그것을 화를 내도 된다는 증거로 삼았지만 객관적인 시각이 필요했으므로 황구는 친구 세 명에게 전화를 걸어 자문을 구했다. 친구들은 "그걸 보고만 있었냐?"라는 공통된 반응을 내놓았다. 검증된 대중의 견해에 자신감을 얻은 황구는 본때를 보여주겠다고 결심했고 이중 모자에게 전화를 걸어 당장 I'll say…로 나오라고 말했다. 아몬드크루아상을 사주겠다고 살살 꼬시며 말이다.

이중 모자는 황구를 만나러 나왔다.

5. 성가신 작은 마음

이중 모자는 그날따라 몰골이 초췌했다. 어디서 났는지 처음 보는, 실밥 터진 벙거지 모자를 쓰고 있었다. 그의 야윈 얼굴과 추레한 옷차림이 연민을 자아냈다. 황구는 그의 어깨에 앉은 먼지를 떼어주고 싶다는 작은 충동을 느꼈으나 금방 마음을 고쳐먹었다.

'지금이 아니면 평생 기회가 없을 거다!'

황구는 인류에 대한 기본적인 연민을 처리하고 정신을 차렸다. 황구는 이중 모자를 작살낼 작정이었다. 그녀는 이중 모자에게 (오늘은 너의 제삿날이므로) 원하는 걸 다 주문하라고 상냥하게 말했다. 이중 모자는 메뉴판을 꼼꼼히 살피며 신중하게 메뉴를 골랐다. 황구가 메뉴판의 아름다운 마지막 장을 펼쳐 보이며 "브런치류에서 골라도 돼."라고 말했다. 황구가 밥을 사는 일은 흔치 않기 때문에 이중 모자는 조금 감동했다. 구운 아스파라거스가 다발로 나오는 오픈샌드위치와 아메리칸 브랙퍼스트 사이에서 고민하는 이중 모자의 창백한 손가락에는 습진 자국이 있었다. 황구는 다시 파리 같은 감정이 얼쩡거리는 것을 느끼고, 손날로 그것을 쳐냈다.

"나는 오픈샌드위치랑 따뜻한 아메리카노 한 잔이면 될 것 같아."

이중 모자는 겸손하게 말했다. 이중 모자는 본인이 습진에 걸렸는지 모르는 것 같았고 황구는 화가 났다.

황구는 어젯밤 침대에서 달달 외운 대사를 준비했다. 그런데 화는 예열이 중요한 감정이다. 그녀에게 화는 수학적이었다. 그것은 정해진 온도에 끓는 물이자 섬세한 조작과 조절을 통해 폭발하는 아름다운 기계였다. 이중 모자가 얼마나 쓰레기인지, 그가 몇 년간 얼마나 그녀의 삶을 갉아먹었는지 낱낱이 고하고 사과를 받을 만반의 준비는 이제 끝났다.

황구가 주문한 아이스 바닐라라떼와 I'll say…의 시그니처 아몬드크루아상 한 덩이와 이중 모자가 주문한 따뜻한 아메리카노와 오픈샌드위치가 나왔다. 황구는 이중 모자의 눈을 똑바로 바라보았다. 첫 꼭지만 잘 떼면 준비한 대사가 술술 나올 것이다. 첫 문장은 전쟁터에 나가는 장군과 비슷하다. 그자가 리

더십을 잘 발휘해야 졸병들이 겁을 먹지 않고 전장으로 뛰어들 수 있다. 그런데 황구는 갑자기 첫 문장을 떠올릴 수 없었다.

'중요한 순간이라고, 정신 차려!'

그녀는 내면에 사기를 북돋았다. 그녀는 정신을 집중하기 위해 상대방의 두 눈 사이 미간에 시선을 두었는데 하필 거기 작은 점이 있었고, 그것은 제3의 영혼의 눈 같았으며 심지어 진짜 눈보다 더 진짜 같았다. 미간의 점을 보고 말하는 것은 영혼에 직접 말하는 기분이 들었다. 습진에 걸린 손으로 빵 한 덩이를 움켜쥐고 있던 이중 모자는 다른 손으로 오픈샌드위치 옆에 장작더미처럼 놓인, 끝이 검게 그을린 아스파라거스 한 줄기를 집어 입으로 가져갔다. 그 순간 황구의 머릿속에 첫 문장이 번뜩 떠올랐다. "똥에 가까운!"으로 시작해 "경험이었다!"로 완성되는.

그런데 황구는 첫 문장을 내뱉는 대신 이중 모자의 입속으로 들어가는 중인 아스파라거스를 빼앗아 창문을 향해 힘껏 던지고 말았다. 자신도 모르게 튀어나온 행동이었다. 이중 모자가 아스파라거스의 머리를 물고 있었기 때문에 아스파라거스를 당기자 그의 얼굴이 식탁 쪽으로 끌려왔고 따라서 그의 가슴이 식탁에 부딪혔으며 아메리카노가 조금 넘쳤고 바닐라라떼가 담긴 컵은 아주 넘어지고 말았다. 그리고 뜯긴 아스파라거스 반쪽은 이중 모자의 입속에 남겨졌고 나머지 반쪽은 날아가 창문을 한 대 때리고 (아스파라거스의 입장에서는 창문이 자신에게 달려든 것이나 마찬가지였을 것이다.) 기력을 잃은 채 초췌하게 바닥으로 떨어졌다. 아스파라거스는 땅바닥에 완전히 드러누웠다. 황구는 팔 전체를 이용해 식탁의 그릇을 쓸어버린 뒤 씩씩대며 무고한 아스파라거스 쪽으로 서서히 다가가 그것을 한 번 밟고, 다시 밟고, 다시 또 밟았으며 마지막 짓밟음으로 그것의 숨통을 끊었다. 깨진 그릇과 컵이 바닥을 수놓았고 황구는 주저앉아 울기 시작했다. 오랫동안 임시로 막아놓았던 구멍이 뚫리자 그 구멍으로 물이 콸콸 쏟아지듯 그녀는 울었다.

그 순간 황구는 세상의 뚜껑이 열리는 기분이 들었다. 모자가 한순간 바람에 휙, 하고 날아간 것이다.

6. 복수

카페는 아주 고요해졌다. 이중 모자는 사태 파악에 들어갔다. 어쨌거나 황구의 화가 전달된 것은 분명했다. 사실 화를 낼 때 설명은 건너뛰는 편이 나을 때가 있다. 설명은 화가 자기 자신으로 존재하는 것을 방해하니까. 사람과 사람은 보이지 않는 복도로 연결되어 있다. 그래서 위급 시, 작은 요정이 잰걸음으로 복도를 타고 건너가 상대방에게 "당신은 이 사람에게 돌이킬 수 없는 커다란 잘못을 저질렀어요. 이유 불문하고 즉각 사과하세요. 그렇지 않으면 평생 엄청난 형벌에 시달릴 거랍니다."라고 경고한다. 그 명령에 즉각 응한 이중 모자는 황구의 등을 쓸며 싹싹 빌기 시작했다.

"죄송해요. 미안해요. 내가 잘못했어요. 많이 힘들었군요. 정말 미안해⋯."

모자가 사라진 자리에는 황구의 얌전한 정수리가 있었다. 아스파라거스가 한 짓은 아닌데, 조금 열려 있던 창문이 활짝 열렸다. 황구의 정수리를 바람이 다정하게 쓸고 지나간 뒤, 그 위에 작은 참새가 찾아와 따뜻한 똥을 싸고 날아간 것만 같았다. 황구는 정수리의 똥이 마를 때까지 기다렸다. 정수리를 막고 있던, 참새의 마른 똥을 검지와 엄지로 걷어내자 세상은 다시 커다란 모자로 변했고 주위는 그늘이 졌다. 그래도 사람은 누구나 환기가 필요한 법이니까. 황구는 천천히 자리에서 일어났다. 뒤를 돌아보지 않고 식당을 나왔다. 이중 모자는 그녀를 따라가 잡을 수도 있었지만 그는 이것이 마지막이라는 것을 겸허하게 받아들였다.

황구가 떠난 뒤 이중 모자에게 세상은 하나의 커다란 수수께끼가 되었다. '황구에게 아스파라거스는 어떤 의미였을까. 내가 뭘 잘못한 거지?' 그는 상상을 앓았다. 그는 매일같이 카페를 방문해 창문을 바라보았다. 누가 그의 등을 살며시 두드렸다. I'll say⋯의 점원이었다. 카페가 닫을 때까지 거기 있었던 것이다. 이중 모자는 터덜터덜 자리를 떠났다. 그러나 내일 다시 올 것이었다. 그리고 몇 년 뒤, 황구가 이국의 땅에서 그를 다시 보았을 때 그는 아무것도 모른 채 모자를 고쳐 쓰고 있었다. 모자를 고쳐 쓰는 모습이 마치 세상의 안테나를 조율하는 모습처럼 보였다. 어쩌면 이중 모자는 그 순간에도 황구에 관한 생각을 이어가고 있었을지도 모른다. 이보다 더 근사한 복수는 없었다. 그것은 황구의 자랑이었으므로 그녀는 이국의 땅에서 모자를 고쳐 쓰는 남자를 보았을 때, 몸을 홱, 돌려 성큼성큼 자리를 떴다.

✦

황구는 그를 지나쳐 빠르게 걸었다. 허기가 졌다. 그녀가 카페에서 도망쳐 나온 지 이제 12분이 지났다. 그녀는 훔친 식기를 대충 가방에 쑤셔 넣었다. 그녀는 이제 어디 들어가 허기를 달래고 일기를 쓰면서 숨을 고르고 싶었다. 그러나 주변 카페들은 너무 시끄럽거나 실내 장식이 마음에 들지 않았다. 황구는 총 네 개의 카페를 지나쳤다. 그리고 하염없이 걸었다.

'아까 같은 카페만 아니면 되지.'

그녀는 생각했다. 그때, 그녀의 취향에 꼭 들어맞는 카페가 나타났다. 카페 입구에는 고풍스럽고 푹신한 소파(소파 앞에 발을 놓을 수 있는 미니 의자까지)가 놓여 있었다. 그녀는 여기서 좀 쉬어야겠다, 하고 카페에 들어갔다. 약 17분의 도망과 산책 끝에 황구는 푹신한 소파에 몸을 파묻고 발을 길게 뻗었다. 물건들을 껴안은 채. 그때, 황구는 자신의 몸 위로 넓은 그림자가 드리우는 것을 느꼈다.

그녀는 인상을 쓰며 올려다보았다. 예의 종업원이었다. 이번에는 정문으로 들어오는 바람에 같은 카페라는 사실을 알아차리지 못한 것이었다.

'또 비슷한 것에 끌렸다니!'

그녀는 17분 동안 자신과 함께 세상을 활보한 이 작은 친구들을 돌려주어야 할까. 아니면 다시 부리나케 도망가야 할까? 중요한 일은 3초 안에 결정 나기 마련이다. 그러나 3초 동안 황구는 움직일 수 없었다.

'또 똑같은 카페를 들어오다니. 17분 동안 나는 아무것도 달라지지 않은 거야. 17분간 바뀌지 않았다면 앞으로의 17분 후에도 나는 바뀌지 않을 것이고, 소시지처럼 수만 개의 17분을 이어 만든 인생을 통과할 때까지 나는 하나도 바뀌지 않을지도 몰라!'

카페에서 도망치고 관람한 17분의 세상은 그녀에게 아무런 변화를 일으키지 않았고 쓸모가 없었던 걸까? 그녀는 17분 이전의 자기 자신과 지금의 자신이 끔찍하게 동일하다는 사실에 역겨움을 느꼈다. 그녀는 갸우뚱했다. 17분이 지나도록 변한 것은 아무것도 없으며, 그녀는 여전히 자기 자신이었다.

영원히 읽기

몇 년 전이다. 친구가 빌려준 600장에 이르는 두꺼운 책과 일기장을 챙겨 동네 카페에 갔다. 두께 때문에 책을 고정하기가 힘들었다. 책을 읽다가 책갈피를 꽂아놓고 화장실을 다녀와서 책을 다시 벌렸다. 나는 책을 편다는 표현보다는 책을 벌린다는 표현이 더 좋아한다. 다리를 찢거나 스트레칭을 하듯 책을 벌린다. 책은 잘 안 펴진다. 게다가 책은 기회가 닿는 대로 닫히려 든다. 책은 비사교적이기 때문에. 펼친 책을 뒤집어 꽉 누르면 자국이 남는다. 하지만 문진은 더 싫다. 책도 무거운데 문진이라니. 내게도 잡화점에서 저렴한 가격에 구한 문진이 있다. 몸통에 무거운 자갈 같은 것이 잔뜩 들어 있는 쥐 모양 문진이다. 그런데 문진이 너무 커서 종이의 반을 가린다. 책을 읽지 못하게 돕는 것이다.

그날도 나는 친구가 빌려준 책을 읽다가 일기를 썼다. 이 일

련의 행위는 선후랄 것 없이 얼키설키 엉켜 있다. 대충 한 손으로 책을 고정하고 다른 손으로 글을 쓴다. 그러나 책은 금세 닫힌다. *보채는 아기 같군… 계속 잡고 있어줘야 해….* 나는 생각했다. 책의 한 면을 팔꿈치로 고정하고 책의 윗부분은 손으로 잡고 나머지 손으로 글을 썼다. *책은 참 읽기 불편해.* 내게 책을 읽는 것과 글을 쓰는 것은 동시적인 행위다. 독서를 하면서 동시에 글을 쓰기 위해선 쫙 펼쳐진 책이 필요하다. 찢긴 낱장의 책들. 닫히거나 열릴 수 없는 책이.

나는 어느새 상상하고 있었다. 내 안의 책 찢는 존재가 팔을 뻗어 친구의 책을 찢어 반으로 얌전히 접어 쌓는 모습을. 그러더니 책 찢는 존재는 접힌 종이로 카드 성을 쌓기 시작했다. 나는 내 팔을 찰싹 때렸다. 책을 쫙, 찢는다. 책에서 바람이 분다. 지퍼를 열 듯. 책에 긴 틈이 생긴다. 책 안에 가득했던 바람이 밖으로 빠져나온다.

책을 찢으면 책은 어디든 갈 수 있다. 민들레 홀씨처럼. 책의 기동성이 극대화된다. 그러나 책을 찢음으로써 책의 휴대성을 극대화하는 것이 책을 찢는 진짜 이유가 아닐지도 모른다. 몇 년 전, 내 시집을 찢었다고 고백한 독자가 있었다. 그는 낭독회가 끝나고 내게 다가와 말했다. 책 찢은 걸 말해줘야 할 것 같다며. 그 시집에서 그 시가 유일하게 좋아서 찢었다고 했다. 좋은 시가 하나밖에 없어서 화가 나서 찢은 거예요? 나는 웃으며 물었다. 그는 찢은 한 장의 시를 다른 친구에게 줬다고 했다.

158

본인은 그 시를 외었으니 다른 사람에게 줘도 자신에게 남아 있기 때문이라고 했다. 외우면 찢어도 돼요? 옆에 있던 친구가 그에게 물었다. 무슨 시였나요? 내가 물었다. 비밀이랬다. 좋은 사람이었다.

◆

가져온 책말이를 다 읽었다. 책을 더 읽고 싶지만 가져온 뭉치가 바닥나서 더 읽을 수 없다. 책은 나를 정지시킨다. 그리고 진정시킨다.

그런데 한 장의 책을 영원히 읽을 수도 있다. 찢어진 흔적이 오른쪽에 있으면 뒷면이고, 찢어진 흔적이 왼쪽에 있으면 앞면이다. 그런데 이따금 너무 깨끗하게 찢겨서 어디가 앞이고 뒤인지 헷갈릴 때가 있다. 그래서 뒷장을 읽고 다시 뒤집어 앞 장을 읽기도 한다. 그래 놓고 또 뒤집고, 또 뒤집어 읽는다. 내 앞에 놓인 건 책이 아니라 한 장의 종이여서 넘기는 대신 계속 뒤집게 된다. 책을 뒤집어 읽으면 무한히 읽을 수 있으므로. 방금 읽은 장의 마지막 문장은 "유언장은"에서 끝났다. 책장을 넘긴다. 아니 뒤집는다. (이제 넘기는 행위는 없고, 뒤집는 것만이 가능하다.) 앞 장이기도 한 뒷장은 "목청이 터져라 노래를 불렀다."로 시작한다. 두 문장을 이어본다.

"유언장은 목청이 터져라 노래를 불렀다."

책을 낱장으로 찢어서 읽으니까 어디가 앞이고 뒤인지 자주 혼동한다. 문장이 이어지면 그대로 읽고, 이어지지 않으면 다 읽은 것이기 때문에 다음 장을 꺼내 읽는다. 그런데 순서와 상관없이 그냥 읽기도 한다.

그러면 한 장을 뒤집어 가며 영원히 읽는 것이 가능하다. 뫼비우스의 띠의 영혼을 가진 한 장의 책. 기억상실증에 걸리면 한 장으로 충분할 것이다. 덕분에 유언장은 목청이 터져라 노래를 부르고 있다. 문장을 이렇게 완성한 채 내버려 두고 또 다른 책말이를 풀어 한 장을 뒤집어 가며 여러 번 읽는다.

169페이지의 첫 문장은 "몇 년이었다."로 시작한다. 그리고 170페이지의 마지막 문장은 "펄럭일 수 있는"에서 끝났다. 뒤집어 앞 페이지의 첫 문장과 이어서 읽는다.

"펄럭일 수 있는 몇 년이었다."

이 문장이 좋아서 책을 여러 번 거꾸로 읽었다.

✦

"I'm sorry. Can I borrow a pencil?(죄송한데, 혹시 연필 한 자루 빌릴 수 있을까요?)"

워쉬룸이었다. 그가 약간의 거리를 유지한 채 서 있다. 나는 이어폰을 빼며 그를 올려다보았다. 그의 두 눈보다 귀에 박힌 점이 먼저 시선에 들어왔다. 귓바퀴에 있는 점은 일종의 유사

눈 같아서, 세 개의 눈이 동시에 나를 쳐다보는 것 같았다. 어쩌면 귀에 달린 눈은 얼굴에 달린 눈을 보조하는 눈으로, 실제 눈이 보지 못하는 시야의 가장자리 혹은 그 저편을 대신 보고 있는지도 몰랐다.

"Here. (여기요.)"

나는 선인장 모양 필통을 열어 그에게 볼펜 한 자루를 건네주었다. 그는 고마워하며 자리로 돌아가 가방에서 공책을 꺼냈다. 그런데 볼펜을 만지작거리기만 할 뿐 사용하는 것을 주저하더니 나를 쳐다보았다. 그는 볼펜 끝을 가리키며 말했다.

"It's new…. (이거… 새 거인데요?)"

새 볼펜 끝에 달린 동그란 고무를 떼도 되는지 머뭇거리고 있었던 것이다. 나는 그에게 그냥 떼서 쓰라고 말했다.

"Your pen is so good. (펜 좋더군요.)"

한 시간 정도 내 볼펜을 쓰고 나서 그가 나가는 길에 내게 말했다. 사실 나는 그가 펜을 다 쓸 때까지 기다리고 있었다. 그런데 기다리는 것이 왠지 싫지 않았다. 그가 카페를 떠나고 10분 정도 흐르자 나는 카페를 나섰다.

며칠 후, 나는 워쉬룸을 다시 만나게 되었다. 코끼리 보호 구역 투어 프로그램에서였다.

태국에서는 어디를 가든 코끼리 사진이나 그림을 볼 수 있다. 자석, 화분, 크로스백, 티셔츠, 노트, 컵, 컵 받침 온갖 사물에 코끼리가 그려져 있다. 구글 맵 검색란에 'elephant'라고 치면, 올드 시티 내부에 위치한 'elephant retirement park'가 나온다. 코끼리가 은퇴하는 모습을 구경할 수 있는 공원인가. 코끼리가 은퇴 전에 뭘 했는지, 그리고 은퇴 후에는 삶이 어떻게 변했는지 전시하는 공간인가? 그런데 코끼리는 은퇴를 안 해도 이미 은퇴한 것처럼 생겼다. 태어날 때, 아니 태어나기 전에 은퇴식을 치르고 태어난 얼굴이다. 힘들고 가슴 아픈 일은 어미 배 속에서 다 겪고서. 삶은 엄마 뱃속에서 몰아서 다 살아버리고 노후를 지내러 세상에 태어나는 것인지도 모른다. 그래서 코끼리는 남아도는 시간을 온몸으로 받아내며 천천히 세상을 거닐다가 죽는지도.

그런데 코끼리 은퇴 공원이라니. 태국 코끼리들은 기왕 은퇴한 김에 여러 번 은퇴하는 것일까? 대여한 자전거를 타고 코끼리 은퇴소를 방문했는데 과연 코끼리들은 은퇴를 해서 지방에 내려가 아무것도 안 하는 삶을 영위하고 있는 듯했고 사람들은 아무것도 안 하는 삶, 아무것도 안 해도 아무 일이 일어나지 않는 삶에서 위로를 얻기 위해 송태우나 미니밴을 타고 코끼리를 보러 가는 것 같았다. 나는 아르떼에서 본 동양인 남자와 비슷하게 생긴 남자를 코끼리 은퇴소 카운터에서 보았는데, 매대를 구경하고 다시 돌아보니 사라지고 없었다. 나는 그가 주저하며 버리지 못하던 둥근 고무를 생각하고 다시 미소 지었다. 인터넷으로 찾아보니, 숙소 로비에 비치된 팜플렛을 카운터에 가져가면 대신 예약을 해준다고 해서 숙소로 돌아왔다.

　로비에는 여러 종류의 팸플릿이 비치되어 있었는데, 그중 한 장으로 된 팸플릿을 집었다. 엘리펀트 정글 생츄어리 팸플릿 상단에는 'No ride-No hook-No chain'이라는 문구가 적혀 있다. 패키지 가격은 한 사람당 1350바트. 다른 책자들은 펼치고 접을 수 있는데 내가 집은 책자는 빳빳한 한 장의 종이였다. 두 장 이상은 싫다. 두 장짜리 팸플릿에는 1박 2일, 2박 3일 코스 등 다양한 코스가 있었는데, 내가 고른 팸플릿은 프로그램이 한 종류밖에 없었다. 덜 유명한 만큼 한국인과의 만남을 방지할 수 있을 테고, 손님 수도 적을 것이며 무엇보다 반나절이면 투어가 끝난다는 점이 마음에 들었다. 코끼리가 여러 마리인 것처럼 꾸미고는 있었지만 (여러 장면에서 찍었는데 몸통에 나 있는 상처를 통해 같은 코끼리인 것을 알 수 있다.) 두 마리가 전부였다.

　1. 코끼리 먹이 주기 2. 코끼리 목욕 보조하기 3. 태국 전통 마을 구경하기 4. 밥 먹기 5. 대나무 뗏목 타기 6. 폭포 구경하기 7. 귀가

소개된 투어 프로그램 중에서 '귀가'가 가장 마음에 들었다. 팸플릿을 들고 카운터에 가져가니 안경 여인이 투어 회사를 연결해 주었다. 미니밴이나 송태우가 관광객들을 정해진 시간에 호텔 앞으로 데리러 오기로 했다.

그리고 며칠 후, 익숙한 얼굴을 다시 만났다. 귀에 난 작은 점이 나를 쳐다보았다.

비가 셀까? 포옹이 셀까?

○───────

이 세계에서 나는 여러 번 죽는다. 나는 죽음이 두렵지 않다. 많이 죽을수록 내공이 쌓이기 때문에. 여기서는 환생할 때마다 날개에 근육이 붙는다. 한 번 죽은 존재와 세 번 죽은 존재는 근육량에 차이가 난다. 따라서 근육량을 보면 몇 번 죽어봤는지 가늠할 수 있다. 그러나 나는 사실 한 번도 죽어보지 못했으므로 날개 근육이 약해 오래 날지 못한다.

우리의 역할은 여섯 개의 세상을 돌며 영혼을 구하는 일이다. 영혼은 이곳저곳에 숨어 있기 때문에 돌아다니며 찾아야 한다. 길을 잃었을 땐 자기 자신을 탭해서 길을 밝힐 수 있다. 내가 어디로 가야 할지 모를 때 나를 두드리면 목적지가 멀리서 빛을 발한다. 나는 그곳을 향해 날아간다. 그러나 이 세계에서 중요한 건 목적지에 도달하는 것이 아니라 모험이다. 이 세계를 만든 사람은 이 공간에 대해 이렇게 말한다.

'친절함을 지니고 서로를 찾는 곳.'

그렇다면 모험은 친절함을 지니고 두리번거리며 서로를 찾는 것일까. 그것과 달리 목적지는 직선으로 달려 가닿는 곳일 것이다. 이 둘을 합쳐 '여행'이라고 불러본다. 나는 여명의 빛에서 여행을 시작했다. 날개를 이용해 목적지에 빠르게 도착했다. 그러나 목적지는 내가 아직 영혼을 덜 구했다며 입장을 허락하지 않았다. 내가 살려면, 그리고 다른 세계로 가려면 누군가를 더 도와야 했다.

나는 다시 출발지로 돌아간다. 날개를 퍼덕여 모험을 시작한다. 친절함을 지니고 누군가를 찾기를 소망하며. 날개를 한 번 퍼덕일 때마다 체력이 줄어든다. 체력이 떨어지면 몸에 구름을 묻히거나 빛 근처에 있어야 한다. 나는 구름을 뚫고 저편으로 날았다. 들판에 착지해 휘청거리다 균형을 잡았는데 누가 나타났다. 나처럼 죽어본 적이 없는 '삶 초보자'였다. 몸 전체가 회색이다. 그러나 촛불을 이용해 서로의 얼굴에 빛을 비추면 갑자기 몸에서 빛이 나며 본모습을 드러낸다. 촛불을 통해 서로의 얼굴을 밝히지 않으면 모두 회색으로 보이며 대화도 할 수 없다. 그는 내게 다가와 내 곁에 눌러앉았다. 친구 옆에 있으면 치유되어 체력이 늘기 때문이다. 그는 도움을 구하는 쪽인데도 침착하고 따뜻하며 조심스러웠다. 그는 내 곁에 가만히 앉아 있어도 되냐고 물었고, 그것만으로 자신에게 큰 힘이 된다고 했다.

이후, 나는 친구와 함께 모험을 떠났다. 절벽에서 뛰어내려 구름을 헤치고 저편으로 갔다. 우리는 여러 종류의 세계를 함께 경험하며 영혼을 구하고 그들에게서 배움을 얻었다. 영혼을 구하면 영혼은 우리에게 제스처를 가르쳐 준다. 나는 영혼들에게서 '작별 인사 하는 제스처', '하품하는 제스처', '절망하며 주저앉는 제스처' 그리고 '눈 감고 숫자를 세는 제스처'를 배웠다. 나는 친구 앞에서 네 번째 제스처를 시험해 보았다. 두 손으로 눈 가리고 카운트다운하기. 갑자기 세상이 어둠으로 바뀌었다. 친구는 웃으며 가린 손을 잡고 풀어주었다. 나는 친구의 눈을 본다. 친구의 눈은 나의 눈과 다르게 생겼다. 친구의 무릎에 누워 친구의 얼굴을 올려다볼 때 친구는 내 왼쪽 눈썹에서 이탈한 세 가닥의 눈썹을 유심히 쳐다본다. 나는 나를 보는 친구의 눈을 본다. 친구의 눈은 정말 선하다. 멀리서 보면 선한 눈이라기보다 약간은 중립적이고 무표정한 눈인데 아주 가까이 다가가면 나만 볼 수 있는 희미한 속쌍꺼풀이 있다. 나는 그 눈을 사랑한다.

어느 날 우리는 비밀의 숲을 날아다니며 소원에 관한 이야기를 나누었다. 나는 친구에게 만일 세 가지 소원이 이루어진다면 어떤 소원을 빌고 싶은지 물어보았다. 친구는 '소원 백 개를 들어주세요.'라는 소원을 빌 거라고 했다. 왜냐하면 지금 당장 가장 중요한 소원을 생각하기가 너무 귀찮기 때문이란다. 그래서 나는 소원을 연장하는 소원은 소원계에서 용납하지 않으니

실질적인 내용이 있는 소원을 말하라고 했다. 친구는 잠시 고민에 빠지더니, 잘 모르겠지만 마지막 소원으로는 '내가 앞의 두 가지 소원을 빈 사실을 기억하지 못하게 해달라.'는 소원을 빌 거라고 했다.

"소원을 그딴 걸로 날린다고?"

나는 날면서 흥분했고 그러다가 비행 방향을 잘못 틀었다. 그러자 친구가 방향을 재조정하며 방금 말한 소원은 분명 가치가 있다고 했다. 그러더니 앞의 두 소원으로는 행복 대신 행복 직전까지 바래다주는 것들을 주문할 거라고 했다.

"건강과 활력 혹은 우정 같은 것을 말이야."

친구는 말했다.

"행복보다 행복의 부대 요소가 더 귀하니까. 행복이 일종의 컨디션이라면 행복의 부대 요소는 근육이거든. 행복은 오락가락하고 뒤통수를 잘 치지만 행복을 행복이게끔 만들어 주는 환경은 그렇지 않으니까. 난 그걸 믿어."

친구가 크게 한 번 날갯짓을 했다.

우리는 깔깔거리며 나무를 헤치고 날았다. 그런데 어느 순간 친구의 몸이 크게 흔들렸다. 옆을 보니 친구가 눈을 꼭 감고 내부에서 힘을 최대로 끌어내고 있었다. 그러나 친구는 그대로 곤두박질쳤고 잡고 있던 내 손을 일부러 놓았다. 나는 나보다 빠르게 떨어지는 존재를 향해 아래로 날았고, 친구는 바닥에 떨어진 채 드러누워 비를 맞고 있었다. 나는 친구를 껴안고 날

개 빛을 충전시켰지만 이미 상한 날개는 원상태로 돌아가지 못했다.

그렇게 나는 하나의 존재를 사랑하며 그 존재의 병을 알게 되었다. 친구가 앓는 병은 타보스 병이라는 희귀병으로 흔들림으로 인해 서서히 죽게 되는 병이다. 친구는 비행 중에 갑자기 방향을 틀거나, 기류의 영향으로 몸이 크게 흔들릴 때 혹은 산을 굽이굽이 내려올 때면 멀미를 심하게 해 토를 하기 일쑤였다. 너무 오래 비행한 날에는 열이 펄펄 나서 계곡의 물로 몸을 씻기고 어둠을 녹여 만든 죽을 먹였지만 열이 가라앉지 않았다. 그래서 친구는 언제나 천천히 날아야 했다. 그러나 구름이 뺨을 때리듯 우리를 저 멀리 보내버리기도 했다. 그러면 우리는 허공에서 빙글빙글 여러 차례 돌다가 들판에 착지했다. 이때 내가 받는 타격과 친구가 받는 타격은 전혀 다른 것이었다.

친구는 내 손을 잡고 조금씩 더 멀리 비행했다. 날면서 주변을 둘러보면 다시 멀미를 했다. 그러니까 친구에게 금지된 것은 두리번거림이었다. 세상을 두리번거리면 아프게 되는 존재. 그래서 나는 친구 대신 세상을 둘러보며 날개 빛이나 선조의 영혼을 찾아다녔다. 나에게 사랑이란 내가 사랑하는 존재를 대신해 두리번거리는 행위였다.

그러나 살아 있는 존재는 두리번거린다. 그리고 끊임없이 흔들린다. 따라서 친구는 가만히 있어도 죽어갔다.

어느 날 우리는 어떤 영혼을 구하고 포용하는 제스처를 배웠다. 양팔을 벌려 서로를 껴안는 것이 포옹이라는 것쯤은 들어서 알고 있었는데 포옹의 본질은 양팔을 대자로 벌린 후 두 팔을 더 뒤로 젖히는 것에 있었다. 그리고 가슴이 하늘을 향하도록 활짝 펼쳐 허리가 아치가 되게 하는 것. 그것은 비행 직전의 자세와 유사했다. 우리는 몇 시간 동안 포옹의 자세를 연습했다. 포옹은 가만히 서 있는 것보다 어색하고 불편했다. 하지만 우리는 계속 시도했다. 편함과 행복은 다른 것이기 때문에. 우리는 행복은 믿었지만 편함은 믿지 않았으므로. 나보다 먼저 제스처를 마스터한 친구가 가슴을 활짝 열고 양팔을 조금더 뒤쪽으로 젖혔다. 나도 양팔을 크게 벌린 후 하늘을 한 번 봤다. 그러자 뭔가 와락 내게 안겼다. 너는 아주 커다란 공간이구나. 나도 모르게 친구에게 말했다. 포옹은 커다란 공간을 만드는 제스처다. 나는 생각했다. 그리고 문득 우리는 포옹도 피를 채워주는지 궁금했다. 우리는 날 때와 연속으로 점프할 때 그리고 빗속에 있을 때 꼭 손을 잡았다. 손 배터리! 친구는 나를 이렇게 부르곤 했다. 손을 잡으면 비를 맞아도 체력이 닳지 않고 오래 날 수 있기 때문에. 그러면 우리가 빗속에서 포옹을 하고 있어도 체력이 닳지 않을까? 포옹한 채 빗속에 서 있으면 영원히 살 수 있을까? 친구가 궁금해했다. 그래서 우리는 비가 오기를 기다렸다. 비가 셀까? 포옹이 셀까? 우리는 먼 하늘을 바라보며 절벽에 앉아 비를 기다렸다.

　그러나 비는 오지 않았다. 우리는 승리의 계곡에서 스키를 타고 내려가며 양초를 구하고 빛을 잡았다. 빛을 잡을 때마다 몸을 홱 돌려야 해서 친구가 힘들어할 줄 알았는데 그날따라 멀쩡했다. 친구는 씩 웃더니 나를 길 가장자리로 데리고 갔다. 그러고는 등에 메고 있던 악기를 내려놓았다.

"연주 들려줄게. 연습했어."

친구는 석상 옆으로 달려가 등에 메고 있던 작은 피아노를 바닥에 내려놓고 연주를 시작했다. 악기를 두드릴 때마다 망토가 펄럭였다. 박자는 다 틀렸지만 투박하고 귀여운 연주였다. 오랜 시간이 지난 후에도 나는 쿵쾅쿵쾅 피아노를 연주하는 친구를 생각했다.

우리는 손을 잡고 지구본이 있는 성을 한 바퀴 돌고 다음 곳으로 날아갔다. 그러나 사원에 도착하기 전에, 옆이 허전한 것을 느꼈다. 친구가 나의 손을 놓쳤기 때문이었다. 나는 구름을 헤치며 친구를 찾았다. 그러나 끝내 친구를 찾지 못했다.

친구는 그렇게 가버렸다. 나는 절벽에 앉아 꺼이꺼이 울었다. 왜 하늘을 나는 존재로 태어났을까. 우리가 새가 아니었다면, 우리에게 날아야 할 이유가 없었다면, 우리에게 날개가 없었다면 흔들릴 이유도 없었을 텐데.

나는 승리의 계곡에서 벗어나 황금 황무지로 이동했다. 날은 어둡고 괴물이 어슬렁거렸다. 나는 허공을 날아다니는 엄청나게 커다란 괴물을 피해 세상을 홀로 여행했다. 괴물을 마주치지 않은 날에도 눈물을 왈칵 쏟곤 했다. 그러나 여기서 나가려면 누군가의 영혼을 구해야 했다. 누군가를 돕는 것이 이 세계의 룰이었으므로. 그래서 나는 울었다. 울면서 걸었다. 비가 내렸다. 조금만 맞고 있어도 나는 금방 죽을 것이었다. 나는 이제 혼자 하는 법을 잊었다. 빛을 만져 체력을 회복하고 뛰어가다가 체력이 닳으면 다시 빛을 만져야 했다. 그러나 금세 체력이 닳았다. 혼자라서 모든 것이 번거로웠다. 조금 더 가자 난파선이 나타났다. 나는 그곳으로 들어가 귀를 틀어막았다.

'나는 아무것도 도울 수 없어… 난 나 자신조차 돕지 못해….'

내 가슴을 두드리자 몸이 소리를 내며 목적지를 보여주었다. 그러나 모험이 내게 가르쳐 준 것은 목적지에 대한 무심함이었다.

그러나 나는 외로웠다. 사랑했기 때문에 그때 희미하고 푸른 빛이 보였다. 세상이 너무 흐려서 아주 작은 빛도 크게 보였다. 나는 빛을 향해 걸었다. 영혼이 발하는 빛이었다. 좀 더 걷자 난파선 뒤에 숨어 있는 영혼이 보였다. 나는 발견한 영혼에 빛을 비추었다. 그렇게 하나의 영혼을 구하고 그곳을 벗어났다. 또 다른 무언가를 발견하기 위해서. 흔들리며 다시 날아올랐다.

✦ 게임 'Sky―빛의 아이들(댓게임컴퍼니)'에서 영감을 받았다.

떠나기

    코끼리 보호 구역으로 가는 픽업 차량이 호텔에 도착했다. 30대 중후반의 태국인 가이드가 사람 좋은 미소로 날 반겼다. 그녀는 재킷에 청바지를 입고 있었으며 선한 눈매를 가졌다. 그녀가 건네준 차트에는 먼저 탄 사람들의 이름과 나이가 적혀 있었다. 송태우에는 커플로 보이는 서양인 둘과 중국인 남자 한 명이 타고 있었다. 나는 가져온 돼지 인형을 무릎에 끼우고, 차트에 이름과 나이를 기입했다.

    푸른 모자를 쓴 이탈리아 여자가 내게 학생이냐고 물었다. 나는 벌레 연구자라고 답했고, 옆에 앉은 남자가 내게 모기 퇴치제를 건네며 필요하냐고 묻자 나는 스프레이를 받아 겨드랑이와 정강이, 사타구니, 가슴 그리고 정수리 등의 부위에 마구마구 뿌렸다. 세상에서 벌레가 제일 두려운 것처럼.

    곧이어 송태우는 님만해민의 깊숙한 골목으로 들어갔다. 그리고 눈에 익은 사람 앞에서 정차했다. 카페 아르떼에서 봤던 워쉬룸이었다.

"투어에 온 걸 환영해요. 한 시간 정도 걸릴 거예요."

가이드가 말했다. 가이드는 온화한 미소를 짓고 운전석으로 돌아갔다. 송태우는 도시를 벗어나 남쪽으로 달렸다. 가던 길에 허름한 건물이 나타났다. 가이드는 송태우에서 내려 평상에 앉아 있는 노인에게 다가갔다. 그러자 노인은 천천히 일어나 가게 뒤로 가더니 대나무 조각으로 가득한 바구니 두 개를 가져와 가이드에게 전달했다. 그리고 다시 가게 뒤로 사라졌다. 재킷을 벗은 가이드는 반팔 차림이었고 청바지는 거칠게 찢겨 있었다. 원래 찢겨 있었는지 기억이 나지 않았다. 다만, 인상이 조금 변한 느낌이었다. 한 시간 전보다 좀 터프해졌달까? 커다란 바구니를 송태우에 거뜬히 싣는 그녀의 팔뚝은 힘줄이 굵었다. 가이드가 다시 평상으로 갔고, 그사이 노인은 바구니를 몇 개 더 들고 왔다. 가이드가 "너! 그리고 너!" 하고 우리를 향해 소리쳤다. 바구니를 받으러 오라는 뜻이었다. 우리는 대나무 조각으로 가득 찬 바구니를 송태우에 태웠다. 그리고 송태우는 다시 출발했다. 가이드의 운전은 이전보다 거칠었다. 커브를 돌 때는 무릎에 앉아 있던 돼지 인형이 바닥에 떨어져서 주워야 했다.

한 시간을 달리자 먀양의 넓은 초원이 나타났다. 차에서 내린 가이드는 우리 쪽으로 다가오더니 코끼리가 무섭냐고 물었

174

다. 온화한 미소는 온데간데없었다. 그녀는 송태우의 안전장치를 거칠게 내리며 말했다.

"자, 내려!"

그녀가 웃었다. 인상은 쓰고 있지만 기분은 좋아보였다.

"가! 가!"

우리는 바구니를 들고 걸었다.

가이드는 우리를 가건물로 인도했다. 그곳에는 낡은 목재 식탁이 있었다. 가이드는 허리춤에서 긴 칼을 뽑더니 거칠게 대나무 토막을 반으로 갈랐다. 그리고 우리는 그녀의 지시에 따라 대나무 토막을 크기에 따라 분류했다. 가이드는 굼뜬 사람을 긴 칼로 가리켰고, 언제 외웠는지 내 이름, 도이람을 호명하며 집중하라고 소리쳤다. 우리는 대나무 조각을 다섯 개의 바구니에 나누어 넣고 각자 한 개씩 챙겼다.

"이제 내려들 가."

그녀가 말했다.

언덕을 내려가니 허름한 울타리가 보였고 울타리 너머로 넓은 초원이 펼쳐졌다. 그때 초원에서 코끼리 두 마리가 보였다. 초원의 밝은 연두색과 하늘의 푸른색이 세상을 반으로 나누었다. 코끼리는 푸른 들판을 가로지르며 유유히 걸어 다녔다. 울타리에 갇히지 않은 채. 동물원이 아닌 곳에 있는 코끼리를 보니 기분이 이상했다. 슬프고 미안했다. 울타리가 없어도 그들에게는 주인이 있고, 우리는 돈을 내고 투어를 온 사람들이었다.

"무섭냐!"

내가 쭈뼛대자 가이드가 웃으며 내게 소리쳤다. 코끼리가 내 쪽으로 다가왔다. 내 손에 들린 대나무 조각 때문이었다. 반 토막 난 대나무 조각을 손에 쥐고 있으면 코끼리가 다가와 코로 가져갔다. 그리고 대나무 조각을 쥔 코를 들이밀며 더 내놓으라고 했다. 코끼리가 대나무 조각을 다 먹자 나는 다시 대나무 토막을 집었다. 코끼리는 대나무 토막을 향해 코를 뻗었다. 길고 무거운 코는 청소기처럼 뭐든 빨아들이려 했다. 조급함 따위 없이 그저 묵묵히 자신이 원하는 바를 요구했다. 먹이를 얻고 나면 긴 코로 내 몸을 더듬으며 더 내놓으라고 했다. 그래도 내놓지 않으면 더 이상 보채지 않고, 볼일을 다 봤다는 표정으로 천천히 몸을 돌려 다른 곳으로 향했다.

가이드는 언덕에 걸터앉은 채 우리를 내려다보며 들로 더 내려가라고 했다. 가만 보니 어느새 원주민 복장이다. 언제 갈아입은 거지? 가이드의 눈썹은 도심에서 봤을 때보다 날카롭고 숱이 풍성해진 것 같았다. 자신에게 편한 공간으로 진입하면서 얼굴의 형태와 성격도 달라지나? 표정은 단호해졌고 피부색은 더 까무잡잡해진 듯했다. 그녀는 겁에 질린 중국인을 호명하며 겁내지 말라고 말했고, 사진을 너무 많이 찍는 서양인 커플에게 먹이 주는 데 집중하라고 했다.

나는 돼지 인형을 대나무 토막이 담긴 바구니에 넣어두고 잠시 화장실을 다녀왔다. 그런데 돌아와 보니 코끼리가 대나무 조각을 가져가려고 육중한 코로 바구니를 이리저리 헤집고 있었다. 나는 그 자리에서 입을 쩍 벌렸다.

"Yours! (네 거!)"

워쉬룸이 돼지 인형을 구해 코끼리 코 아래로 내게 패스했다.

"Thank you! (고마워!)"

돼지 인형을 구해서 고마운 것이 아니라 영어를 사용했기 때문에 고마웠다. 딴짓을 할 때마다 태국인 가이드가 이름을 불렀기 때문에 이미 한국인이라는 사실을 서로 알고 있었는데 말이다. 태국에서 나는 한국인이 말을 걸면 잽싸게 도망쳤다. 조금이라도 나와 비슷한 사람은 만나고 싶지 않기 때문에 그랬다.

나는 돼지 인형을 건네받아 흙을 털어냈다.

✦

코끼리가 초원에 들어가 몸을 반쯤 감추면 볼록한 등만 보이는데, 마치 회색 무덤 같다. 그 장면은 기묘한 신비감을 자아냈다. 코끼리는 굼뜨다. 그래서 사람들이 코끼리를 좋아하는지도 모른다. 유사시와 아닐 때의 구분이 없기 때문에. 죽기 직전과 아닌 순간에 차이를 두지 않는 것으로 시간을 차별하지 않기 때문에. 살 만한 시절이나 그렇지 않은 시간이나 그들에겐 똑같을 것 같다. 나는 언덕에 앉아 코끼리 꼬리를 바라보았다. 끝으로 갈수록 홀쭉해지지만 육중함이 느껴지는 긴 꼬리가 좌우로 흔들거렸다. 그것은 자명종의 추를 연상시켰다. 벽시계 하단에 달려 좌우로 흔들거리는 추는 시계 판에서 동그란 추로 시선을 돌리게 한다. 시계를 바라보지만 시간에 압도당하지 않도록 시선을 분산시키는 것이다. 좌우로 천천히 움직이는 코끼리의 꼬리는 시간을 잊게 해준다.

나는 코끼리를 바라보며 며칠 전에 꾼 꿈을 떠올렸다. 꿈에 친구가 나왔다. 친구는 머리를 묶어달라고 했다. 그래서 나는 친구의 머리를 양쪽으로 나누어 높게 묶었는데 묶을 때마다 둘의 높이가 같지 않았다. 매번 한쪽이 높거나 낮았다. 왜 안 맞지? 왜 안 맞아? 꿈속에서는 그게 큰일이었다. 그래서 나는 울었고, 높이가 맞지 않는 머리를 묶고 풀기를 반복했다. 그러다 번쩍 눈을 떴다. 온몸의 근육이 경직되어 있었다. 일어나 점심을 먹고 잠시 잠들었는데 눈을 뜨니 어스름이 지고 있었다. 나는 땅거미가 지면 미세한 공포감에 사로잡힌다. 차들이 지나가는 소리, 행인들의 웃음소리, 긴 갈고리로 셔터를 내리는 점원의 옆모습, 소리 없이 조명이 켜지는 식당 테라스, 저녁이 되자 문을 여는 맥줏집. 그리고 그들 위로 내려앉는 붉은 빛. 나는 검은 형상의 기운을 느낀다. 밖으로 나가니 인력거를 탄 외국인 둘은 천장에 달린 쇠 손잡이를 잡은 채 어디론가 가고 있고 오토바이가 내 앞을 쌩 하고 지나간다.

'난 갈 곳이 없어. 나에겐 시간이 너무 많아.'

나는 거리의 한구석에 주저앉았다. 가슴이 옥죄였다. 식당

178

내부는 밤낮을 가리지 않고 어둡다. 테라스는 내가 싫어하는 노란 빛이다. 그러나 식당 내부보다는 낫다. 어둠이 깔리기 시작하는 초저녁에 식당은 조명을 켜지 않기 때문에 화려한 밤보다 어둡기 때문이다.

나는 한 태국 전통 레스토랑의 테라스에 자리를 잡았다. 죽어가는 와중에 수박주스와 새우파인애플볶음밥을 주문했다. 심지어 예전에 친구가 태국에 가면 꼭 먹어보라며 추천했던 모닝글로리라는 이름의 요리도 주문했다. 죽는 와중에 할 건 다하는 건 나의 장기이다. 종업원이 가져다준 새우파인애플볶음밥에는 새우가 박혀 있었고, 그 위를 푹신한 갈색 털실 질감의 고명이 덮었다. 무덤 뚜껑 같았다. 그리고 그 위를 어스름이 덮었다. 어스름은 이도 저도 아니다. 완전한 어둠도 빛도 아니다. 그것은 이도 저도 아님, 끼여 있음, 엉거주춤함, 아무 데도 소속되지 못함, 어정쩡함이라는 불안이 야기하는 정신적 구토다.

'나는 겁쟁이야. 난 미쳐가고 있어.'

나는 울음을 터뜨렸다. 테라스 울타리에 엉덩이를 걸치고 떠들던 종업원들은 눈치를 보며 식당 내부로 들어갔다. 쓰레기처럼 보이는 찢긴 낱장의 종이들이 식탁 위에서 헛되이 몸을 굴렸다. 나는 흐느껴 울었다. "왜 우나요?" 누가 물었다면 "숟가락이 너무 무겁잖아요."라고 답했을 것이다.

'아무것도 해내지 못할 거야. 앞으로도 계속 숟가락은 무겁겠지. 나는 겁쟁이고, 남아 있는 나날은 쇼에 지나지 않아.'

나는 식당에서 나와 뛰었다. 아주 오래 뛰면 어느새 어스름도 사라질 거라 믿으면서. 뛰면서 환한 곳을 찾았다. 모두 어두웠다. 모자를 푹 눌러쓴 낯선 사람 같았다.

골목으로 들어가자 밀크티 가게가 나왔다. 예전에 한번 들렀던 밀크티 가게였다. 마감 시간인지 음료를 내리는 슬러시 통은 비었고 프로펠러 모양의 장치는 헛되이 돌고 있었다. 푸른색 앞치마를 두른 여주인은 마른걸레로 식기류를 닦고 있었다. 영업이 언제까지인지 물으니 여섯 시 반이라고 그녀는 친절하게 답해준다.

"20분 정도 남았어요. 괜찮겠어요?"

"네!"

나는 답한다. 주문이 가능한지 물으니, 그녀는 가능한 음료 메뉴를 손가락으로 짚어주었다. 가능한 메뉴가 거의 없었다. 나는 밀크티 한 잔을 주문하고 돼지 얼굴 지갑에서 지폐를 꺼냈다. 퉁퉁 부은 눈으로 그녀를 바라보았다. 오늘도 그녀는 손을 합장하며 돈을 받는다. 그리고 미소 짓는다. 나는 다시 눈물을 훔쳤다.

그녀는 냉장고에서 음료 통을 꺼냈다. 앞치마의 작은 매듭이 보였다. 그녀는 다 닦은 식기류를 제자리에 가져다 두었다. 내일도 그것을 꺼낼 것이다. 나는 하루를 마감하는 누군가의 뒷모습에 상처를 입었다.

비사랑꿈

배를 타고 도착한 곳에는 어떤 사람이 있었다. 처음 보는 사람인데 꿈에서는 내가 그 사람을 좋아하고 있었다. 배에서 내리자 공간은 어느새 찜질방의 수면실 같은 곳으로 변했다. 천장이 낮았다. 널브러진 침구류는 천장을 더 낮게 만들었고 낮은 조도의 조명은 사람들의 얼굴을 석고상처럼 보이게 했다. 거기 그 사람이 있었다. 그 사람은 슬퍼하고 있었다. 사랑하는 사람이 떠났기 때문이었다. 나는 이제 상대방이 슬픈 것쯤은 믿는다. 그 사람은 내가 자신을 좋아한다는 사실을 알고 있었고 그것을 어느 정도 편하게 생각하는 것 같았는데 나는 그 사실에 별로 상처받지 않았다. 왜냐하면 낮은 천장 아래 있는 인간들은 얼마간 자기 자신을 석고상으로 느끼기 때문이다.

그 사람은 나에게 다가왔다. 거리를 두고 꼼지락거리며 내게 사랑을 달라는 무언의 눈빛을 보냈다. 그러나 나는 그 사람에 비해 조금 더 견고한 석고상이었기 때문에 초연할 수 있었다. 조급한 쪽은 그쪽이었다. 왜냐하면 내가 원하는 것은 사랑이었고 그자가 원하는 것은 없어진 사랑을 보충할 다른 사랑이었기 때문이었다. 그러므로 당당한 쪽은 나였다. 천장은 더 낮아진 것 같았고 구겨진 이불은 공간을 답답하게 만들었다. 나는 초라하지 않았다. 나는 이제 사랑이 아닌 것을 필요치 않을 만큼 강해졌기 때문이었다. 물론 일시적인 강함이었지만 하나의 발전이었다.

나는 이놈을 별로 신뢰하지 않았다. 석고상인 주제에 자꾸 눈물을 흘리기 때문이었다. 다만 그 눈물의 원인이 내가 아니므로 나는 흐릿한 질투를 느꼈다. 나는 그 사람의 슬픔이 되기에는 그에게 중요한 사람이 아니었다. 나는 그 사람의 슬픔에 영향력이 없었다. 요컨대 나는 슬픔에 미치지 못했던 것이다. 하지만 그건 그 사람의 사정이었다. 꿈에서 나는 대단한 사람이었는데 (나는 유명한 바이올리니스트였다.) 그자는 그게 어떤 건지 몰랐다. 그건 그자가 속한 세상과 내가 속한 세상의 기준과 세계관이 다르기 때문이었다. 그리고 보통 이런 문제는 평생을 두고도 잘 해결되지 않는 유형의 문제였다.

나는 그자가 슬픔은 갖다버렸으면 했다. 나는 이제 좀 나를 아는 새끼를 만나면 좋겠다고 생각했다. 왜냐하면 나를 알면 나를 사랑할 것 같기 때문이었다. 그러면 나도 슬픔의 원인이 되어볼 수 있을 것이고 내가 그 사람에게 슬픔을 퍼줄 수 있을 것이었다. 운이 좋다면 가만히 있어도 속을 알 수 없는 진짜 석고상이 되어볼 수도 있을 것이었다.

조명은 여전히 어두웠다. 나는 아무 일도 벌어지지 않을 것이라는 것을 알고 있었다. 왜냐하면 놈이 원하는 것은 사랑이 아니라 사랑이 사라진 자리를 감추는 퍼포먼스일 뿐이므로. 그리고 그 정도는 내가 해줄 수 있었다. 그자에게 사랑한다고 말해주면 될 뿐이었고 그 말이 사실이기만 하면 되었다. 그러면 그 사람은 그 말을 취하고 고개를 끄덕이고는 그곳에서 유유히 사라지면 될 것이었다. 그것이 그자의 숨통을 틔워줄 것이며 이것이 그 인간이 내게서 원하는 전부였다. 그러니까 그자의 문제는 너무 적게 원한다는 것이었다. 나는 그것으로는 부족하다고 생각했다. 내가 원하는 것은 이제 사랑이기 때문이다. 그러므로 나는 놈이 슬픔은 갖다버렸으면 했다. 슬픔이 치워져야 내가 올 수 있기 때문에.

왜냐하면 나는 이제 사랑을 원할 만큼 강해졌기 때문이다. 비록 일시적인 현상이었지만 나는 나를 너무 사랑해서 이제는 사랑을 구걸하지 않고 요구했으며 사랑이 절박하지 않고 절실했다. 그래서 나는 그 인간에 비해 조금 더 요염하고 인간적인 품위를 지닌 석고상으로 앉아 있을 수 있었다.

어둠 속에서 그자가 꼬물거리며 내 쪽으로 기어왔다.

'난 비밀이 있어.'

놈이 입을 열었다. 놈은 내가 뭐라도 해주기를 바랐겠지만 나는 가만히 있었다. 놈은 조금씩 비밀을 털어놓으려고 했지만 그걸 어떻게 하는지는 몰랐으므로 일단 '난 비밀이 있어.'라고 말했을 것이다. 이제 놈의 비밀이 다리 밖으로 나갈 수 있도록 도와주는 산파가 필요했다.

'나에겐 비밀이 있어.'

놈이 다시 말했다.

'비밀은 누구에게나 있다.'

나는 말했다.

'너도?'

그러자 놈은 뭔가 균형이 맞지 않다고 느낀 모양인지 몸을 비틀며 더 꼬물거렸다. 그러자 갑자기 숨쉬기가 어려워진 놈은 내 정수리 쪽을 올려다보며 애원했다.

'나의 비밀은 너에게 위협적이지 않다.'

놈은 자신이 듣고 싶은 말을 했다. 나는 '내 비밀도 너에게 위험하지 않다.'라고 말하는 대신 그저 벽을 보고 앉아 있다. 사면이 점점 줄어드는 이상한 방에 있는 것처럼. 어둠이 지속되면 어느 순간 방의 크기를 잊어버리고 만다.

'내 비밀은 오로지 나만을 공격한다.'

어둠 속에서 놈이 말했다. 나는 내 것도 그런 모양으로 생겼다고 답하는 대신 이불을 돌돌 말았고, 나에게도 비밀이 있다고 말하는 대신 돌돌 말린 이불 위로 올라갔으며 나 또한 너에게 비밀을 털어놓고 싶다고 말하는 대신 이불을 타넘어 구석으로 기어갔다. 그러자 놈은 슬퍼했다. 놈은 애원하듯 다시 한번, 내 비밀은 오직 나만을 공격해, 하고 말했는데 그 말이 '내 비밀은 오로지 나만을 기억해.'라는 문장으로 왜곡되어 들렸다. 놈은 답답했는지 누운 채로 등을 바닥에서 힘껏 떼었다가 풀썩 내려앉았다. 그러더니 몸을 조금 갑작스럽게 꼬부렸다 폈다.

'비밀….'

나는 속으로 중얼거린다. 어떤 비밀을 품고 사는 것은 읽고 있는 책의 한쪽 모서리가 모두 접힌 채로 그 책을 끝까지 읽는 것과 같다. 놈이 꿈틀거리며 훌쩍인다. 우리는 서로를 낯설게 느꼈고 서로를 알고 싶었으며 동시에 알고 싶지 않았다. 나는 그러나 그것만으로는 부족하다고 생각했다. 그것이 놈의 최선이었는지 놈은 몸을 돌돌 말아버렸다. 그러다가 이내 또 꿈틀거렸다.

사랑하는 쪽은 나였지만 약한 쪽은 그쪽이었다. 왜냐하면 진짜 사랑은 사람을 강하게 만들기 때문이다. 나는 놈이 원하는 것이 나의 전부가 아니라 나의 일부임을 알았지만 나는 그것을 별로 내주고 싶지 않았다. 놈의 입장에서 '그게 뭐라고.'라고 쉽게 말할 법도 했지만 나는 사랑이 아닌 것은 필요치 않을 만큼 나 자신을 아낄 수 있게 되었기 때문이었다. 천장이 낮아서 머리를 드는 것만으로 정수리가 천장에 부딪혔다. 나는 견고하다. 그자는 나를 사랑하는 척하며 꼼지락거린다. 나는 이제 나를 모르면서 나를 사랑하기만 하는 인간들을 봐주고 싶지 않다. 여태껏 너무 많이 봐줬다는 것이 문제였다. 나는 내가 사랑받을 만한 사람이라고 생각하고 있었다. 나는 꿈속에서 그 사실을 굳게 믿고 있었다. 주먹을 쥘 만큼. 물론 일시적이긴 하지만 이것 역시 발전이긴 했다.

기억 버리기

초원에서 키 작은 원주민 남자가 나타났다. 가이드의 남동생이었다. 그도 인상 쓰기에 소질이 있는 것 같았다. 종일 햇빛을 받고, 햇빛을 상대하는 직업이라 그럴 것이다. 그가 인상을 쓰며 코끼리에게 돌아오라고 하자 코끼리는 무심한 표정으로 돌아왔다.

태국인 가이드는 이제 폭포를 보러 가는데 코끼리에 대해 더 물어보고 싶은 게 없냐고 물었다. 아무도 질문을 하지 않자, 가이드가 민망하지 않도록 새 친구가 코끼리의 이름을 물었다. 코끼리의 이름은 카산과 키도였다. 할아버지가 물려준 녀석들이랬다. 그녀의 할아버지는 아들 대신 손녀에게 코끼리를 물려주고 싶어 했다고 가이드는 말했다.

"Because he knew I was strong. (왜냐하면 할아버지는 내가 강하다는 걸 아셨거든.)"

그녀는 허리에 찬 긴 칼을 어루만졌다. 죽기 전에 할아버지는 그녀에게 코끼리를 절대 팔지 말라는 유언을 남겼다고 한다. 코끼리를 팔면 자신이 환생할 거라고. 가이드는 그로 하여금 삶을 또 살게 하는 건 불효라고 생각해서 코끼리를 팔지 않겠다고 약속했다. 그녀는 그가 정말 돌아올까 봐 코끼리를 열심히 보살폈다. 한때 그녀와 남동생은 코끼리를 도시에 데리고 가서 코끼리로 돈을 벌려고 했다. 코끼리에게 먹이를 주는 체험으로 20바트를 받았는데 코끼리가 거리에 엄청난 양의 오줌과 똥을 싸서 (그녀는 두 팔을 벌려 커다란 바스켓을 그렸다.) 사람들이 경찰을 불렀고, 경찰은 코끼리를 다룰 줄 몰라서 함부로 대했다고. 그녀와 남동생은 그 이후로 다시는 코끼리를 끌고 시내로 나가지 않았다. 코끼리가 원하는 곳에서 원하는 만큼 똥을 싸고 오줌을 누게 해줘야 한다고 남매는 생각했다.

나는 조금 더 가까이 코끼리에게 다가갔다. 아빠 다리털처럼 길고 굵은데 연약하며 시련을 많이 당한 구불구불한 털. 하지만 어딘가 굳세 보였다. 코끼리의 입 주위에도 털이 있다. 코끼리의 단단한 이마에 듬성듬성 난 털은 도비나 골룸의 두상을 연상시킨다. 햇빛을 받는 코끼리를 멀리서 보면, 털에 반사된 햇빛 때문에 코끼리에게 희미한 아우라가 생긴다. 그러나 가까이 다가가면 어느새 아우라는 사라진다.

나는 돼지 인형을 무릎에 얹고 코끼리를 바라보다가 돼지에게 혼자만의 시간을 주기 위해 돼지를 다른 바위에 앉혔다. 인형의 눈동자는 나를 따라오지 않는다. 인형은 어떤 말에도 흔들리지 않는다. 모든 말을 흘려듣기 때문에 나는 인형을 사랑한다. 돼지 인형의 귀는 잘 펄럭인다. 헐렁한 천 고무줄로 귀를 묶으면 두 귀가 솟으면서 양옆으로 퍼진 새싹 모양이 된다. 어떤 말을 해도 인형은 아무 반응을 보이지 않는다. 무반응은 때로 최선의 위로가 된다. 가령, 내가 울 때 인형이 따라 울지 않기 때문에 나는 인형에게 기댈 수 있다.

이따금 나는 돼지 인형을 가슴에 안고 글을 쓴다. 책상과 내배 사이에 인형을 끼우고. 인형의 뒤통수가 내 글을 가리면 인형을 겨드랑이에 끼고 글을 쓴다. 그것은 겨드랑이 포옹이다. 푹신한 무언가 겨드랑이로 들어온다. 체온은 없지만 따뜻한 돼지 배다. 이 따뜻함은 나에게서 왔다. 돼지 인형은 내 뱃살의 체온을 가져가 내 겨드랑이에 전달한다. 나는 인형을 통해 내게도 체온이 있음을 깨닫는다. 인형은 내가 나와 연결되도록 그 사이를 중재한다.

"고마워요."

워쉬룸과 눈이 마주치자 나도 모르게 한국말이 나왔다.

"Your're welcome. (천만에.)"

그가 웃으며 대답했다. 그러더니 새 친구는 내 돼지 인형에게 물었다.

"한국 분이신가요?"

"나는 국적이 없어요."

내가 돼지 인형 대신 말했다.

"훌륭한 국적이네요."

새 친구가 말했다. 그러더니 그는 내게 물었다.

"저… 궁금한 게 있는데요."

새 친구는 내가 손에 쥔, 두루마리 책을 눈으로 가리켰다.

생각해 보면 나는 책과 분리 불안이 있는 듯하다. 두꺼운 책을 들고 다니는 건 힘들지만, 책을 가볍게 만들면 언제나 책과 함께일 수 있다. 날아갈 듯 가벼운 낱장의 종이들은 어떤 기억들을 엷게 만들어 주었다. 내가 가만히 있다 친구는 말했다.

"하긴, 휴지가 귀하던 시절에 사람들이 변소에서 책을 한 장씩 찢어서 똥을 닦았잖아요? 책 찢는 역사는 우리 조상들한테서 시작되었네요. 그리고 보니 영화에서 본 돈뭉치가 생각나요. 마약 거래상들은 돈을 도톰하게 말아 주고받잖아요. 한 손에 들어가는 돈. 그런 돈은 그립감이 남다르죠. 영화에서 보면 마약상이랑 마피아는 돈을 던져서 주고받잖아요? 공손하고 싶지 않아서이기도 하고 돈을 주고받는 과정에서 칼에 찔릴 수도 있으니까 돈을 던지는 거죠. 손날에 면도칼이 있을지 누가 알겠어요? 종이를 말면 던질 수 있으니 좋겠네요."

새 친구가 손을 내밀어서 나는 그에게 책말이를 건네주었다.

"세로로 말면 왕이 된 기분이에요. 돌돌 말린 상소문을 펴는 기분이거든요. 사실 며칠 전에 나처럼 책을 찢어 둘둘 말아 소지하고 다니는 외국인을 봤어요. 구시가지 골목이었어요. 그는 혼자였고, 외톨이였어요. 비쩍 말랐더군요. 나처럼 어깨가 튼튼하지 못해서 무거운 책을 들고 다니기 어려울 것 같았어요. 그는 크로스백에 긴 손을 집어넣더니, 둘둘 말린 책을 꺼냈어요. 돌돌 말린 책을 코로 가져가 냄새를 맡아보더군요. 종이 모서리에 침을 묻히는 것도 같았어요. 그러더니 그는 흡족한 표정을 지으며, 알다시피 책은 진정 효과가 있잖아요, 라이터를 꺼내 책 모서리에 불을 붙였어요. 나는 뒤돌았어요. 그리고 가던 길을 갔어요. 책은 아마 연기가 되어 사라졌을 겁니다. 완벽하게 읽힌 거예요."

나는 새 친구에게 말했다.

✦

우리는 다시 송태우를 타고 대나무 바구니를 공급해 준 허름한 가게에서 간단히 점심을 먹었다. 넓은 은쟁반에 계란 밥이 그득하게 담겨 나왔다. 평상에서 식사를 즐기는 동안 가이드와 가게 주인은 우리를 곁눈질하며 태국어로 알 수 없는 대화를 나누었다.

나는 며칠을 굶주린 사람처럼 먹었다. 계란 밥이 이렇게 부드러웠나. 다른 이들은 나를 보며 '몸은 작은데 식욕은 왕성하군.' 하는 표정을 지었다. 밥이 끊임없이 들어갔다. 먹을수록 속이 풀리는 기분이 들어서 계속 먹었다. 둘레가 넓은 커다란 파이프가 된 것처럼. 먹는 족족 음식이 발밑으로 굴러 떨어져서 영원히 먹을 수 있을 것처럼 먹었다. 그릇에 물을 따라 한국식으로 밥을 말고, 쌀 한 톨 남기지 않고 긁어 먹고 나서야 식사가 끝났다.

코끼리와 헤어지고 우리는 폭포로 향했다. 좁게 난 오솔길을 따라 숲으로 들어가자 앙증맞은 폭포가 모습을 드러냈다. 그 앞에는 너럭바위가 있었는데, 중국인 남자가 달려가 먼저 차지했다. 그는 대자로 드러누워 햇빛을 받다가 아주 잠들어 버렸고 새 친구와 나는 바위 아래 앉아 차례를 기다렸다.

폭포가 앞에 있으니 말이 술술 나왔다. 폭포가 내는 소리 때문에 어떤 말이든 20%는 걸러졌다. 그래서 아무 말이나 지껄일 수 있었다.

"나는 이따금 검은 형상을 봐요. 처음엔 그림자로 시작해요. 다가와요. 서서히. 소리를 내기도 해요. 귓가에서 쇳조각이 부딪히는 소리가 들려요. 나는 뛰어요. 휙휙. 이번에는 놈의 발소리가 들려요. 이젠 그림자에서 입체로 넘어가는 거예요. 놈이 부피를 얻어서 자루 모양이 돼요. 검정 자루인데 발이 엄청 빨라요. 자루 안에는 톱이랑 칼, 망치 같은 게 들어 있는 것 같아요. 공구끼리 부딪히는 소리가 들려요. 그런데 자루가 찢어질 것 같아서 걱정돼요. 자루가 찢어지면 나도 함께 죽을 것 같거든요. 곧 막다른 길이에요. 놈이 나를 벽으로 몰아세운 뒤, 긴 쇠 막대를 꺼내 내 명치를 깊이 찔러요. 그 쇠가 등가죽에 닿을 때까지 나는 숨을 참아요. 고통스러워요. 저절로 입이 벌어지고 침이 흘러나옵니다. 혀가 빠질 것 같아요. 놈이 내게서 바라는 건 혀인 것 같아요. 놈은 내게서 혀를 빼가고 싶은 거예요. 나는 열을 세요. 움직일 수 없어요. 나는 죽어요. 죽어야 꿈에서 깨요. 그런데 꿈이 아니라 현실에서 놈이 보일 땐 화장실로 숨어야 해요. 놈이 쫓아오지 못하는 유일한 공간이 화장실이거든요. 문을 걸어 잠그면 놈은 문을 차요. 물컹한 몸 안에서 공구들이 부딪혀요. 나는 비 오듯 땀이 흘러요. 놈은 문을 타고 넘어오려고 해요. 나는 놈의 그림자를 볼 수 있어요. 예의 쇳소리를 내요. 나는 바닥을 노려봐요. 눈이 벌게질 정도로 눈에 힘을 줘요. 온몸의 힘을 정수리로 모으는 거예요. 나는 정수리로 놈을 볼 수 있거든요. 시선은 바닥에 두고 정수리의 시선으로 놈을 물리치는 거예요. 하지만 안도하자마자 나는 머리를 맞고 쓰러져요. 이런 거 본 적 있어요? 귀신말이에요."

내가 물었다.

"그거 귀신 아니잖아요."

새 친구가 말했다. 그러더니 그는 두 팔을 뒤로 디디고 나를 봤다.

"다섯 살 때인가. 화장실 변기가 좀 이상한 거예요. 살아 있는 것 같달까. 볼일을 보고 변기 뚜껑을 닫았어요. 그런데 뒤돌아보니 뚜껑이 열려 있는 거예요. 나는 그럴 때 스케치가 잘못된 거라고 생각했어요. 하늘에 그림을 그리는 신이 있는데 망

가진 붓을 썼거나 종이를 잘못 넘겨서 그런 일이 일어난 거라고요. 가끔, 우리가 사는 세상이 옛날 만화처럼 한 장 한 장 그린 그림들을 빠르게 넘기는 거 같지 않아요? 그런데 이따금 종이가 빠지거나 할 수 있는 거죠. 아니면, 다른 만화에 들어갈 종이를 잘못 끼워 넣어서 세상이 삐끗하는 거예요. 세상이 갑자기 낯설고 이상해지는 거죠."

✦

사랑은 아침에 눈을 떴을 때 문득 삶이 불편하지 않다는 느낌이다.

친구의 동생에게서 전화가 왔을 때 나는 다큐멘터리를 보고 있었다. 친구가 죽었다고 했다. 내가 보고 있던 다큐멘터리는 뱀과 이구아나에 관한 것이었다. 나는 전화를 끊고 다큐멘터리를 끝까지 봤다. 해변에 처음 내려온 새끼 이구아나는 신나게 쏘다녔다. 해변에는 바위가 있었다. 바닷물로 축축한 바위 틈새에는 수십 마리의 뱀이 살고 있었다. 아무것도 모르는 새끼 이구아나는 두 발로 걸어 다니며 모래사장에 자신의 발자국을 찍어 보았다. 그때, 바위에 있던 한 마리의 뱀이 이구아나를 향해 다가갔다. 낌새를 알아차린 새끼 이구아나는 미친 듯이 달리기 시작했다. 뱀은 시력이 약하다. 그래서 대상이 너무 멀리 있을 때는 대상의 움직임을 주시한다. 움직임이 없으면 바위나

나무인 줄 알고 지나간다. 새끼 이구아나는 어디서 배웠는지, 달리다가 문득 바위처럼 멈춘다. 시력이 나쁜 뱀은 눈앞의 이구아나를 지나친다. 이구아나는 뱀이 지나갈 때까지 가만히 서 있다. 그때, 지나가던 눈 나쁜 또 다른 뱀이 이구아나의 엉덩이에 부딪혔다. 깜짝 놀란 이구아나는 넘어진다. 그러자 움직임을 포착한 수십 개의 뱀들이 바위에서 기어 나와 이구아나를 향해 미친 듯이 달려든다. 우리의 새끼 이구아나는 달린다. 하필 또 다른 바위 쪽으로. 바위를 딛고 절벽을 올라야 집으로 돌아갈 수 있기 때문에. 그곳에 엄마가 있기 때문에. 바위틈에서 뱀이 출몰한다. 수십 마리의 뱀이 새끼 이구아나를 몸으로 칭칭 감는다. 새끼 이구아나는 뱀과 뱀 사이의 틈을 본다. 이구아나는 얇고 희미한 빛을 째고 밖으로 나간다. 폴짝 뛰어 바위를 탄다. '엄마!' 하고 외쳐본다. 바위를 타고 또 타고 절벽을 타넘어 자신의 엄마에게로 돌아간다. 엄마에게로 돌아갔습니다, 내레이터가 말했다. 엄마에게로 돌아갔다, 엄마에게로 돌아갔다, 엄마에게로 돌아갔다, 엄마에게로 돌아갔다, 엄마에게로 돌아갔다, 엄마에게로 돌아갔다, 엄마에게로 돌아갔다, 엄마에게로 돌아갔다, 엄마에게로 돌아갔다, 엄마에게로 돌아갔다, 엄마에게로 돌아갔다, 엄마에게로 돌아갔다, 엄마에게로 돌아갔다. 나는 끊임없이 같은 문장을 일기에 썼다. 온몸에 미열이 지속되었다. 침대에 누우면 몸이 부푼 느낌이었다. 몸이 미세하게 빛나는 것 같았다. 나는 누워 있는데 내 영혼은 내게서 빠져

나가 내 위에 떠 있다. 걸으면 내 영혼이 먼저 가고 내 몸은 뒤에서 따라갔다. 영혼과 내 몸이 합쳐지고 분리되기를 반복했다. 그때마다 이상한 소리가 났다. 달그락, 문 잠그는 소리, 걸쇠 소리. 나는 계속 잤다. 종일 잠만 잤다. 침대에 누워 불을 끄면 보이지 않는 커다란 레버가 나타나고, 그 레버를 내리면 나는 잠이 들었다. 자는 동안 레버가 서서히 올라갔다. 그리고 레버가 끝까지 올라가면 잠에서 깼다. 아무 꿈도 꾸지 않았다. 그대로 다시 레버를 내려 꿈으로 들어가고 나오기를 반복했다.

✦

시차란 묘한 것이다. 태국은 한국보다 두 시간 느리다.
"나 두 시간 늦어. 너 먼저 살아."
3년 전, 태국에 홀로 놀러 간 친구가 내게 보낸 문자였다.
"여기에 있으니 뒤에서 걸어가는 사람이 된 기분이 들어. 한국에 있는 너는 나보다 두 시간 먼저 살고, 나는 두 시간 후에 뒤따라가는 기분이랄까. 네가 나보다 두 시간 먼저 살았으니까, 두 시간 앞의 미래를 내게 귀띔해 줄 수 있을 것 같아. '두 시간 후에, 그러니까 한 시에 이러이러한 일어나.'라고. 그 일은 너에게 이미 일어난 일이지만 나에게는 두 시간 후에 일어날 일인 거지. 그런데 그 일은 영영 일어나지 않을 수도 있어. 거기는 한 시이고 여기는 열한 시인 상황은 한국이라는 별이 태국이라는 별에 빛을 쏘았는데, 그 빛이 도달하는 데 두 시간이 걸리는 현상 같은 거고 그 빛은 오다가 사라질 수도 있으니까. 그렇다면 두 시간이란 뭘까. 두 시간은 미발생이고, 두 시간은 잃어버려진 무엇이고, 두 시간이란, 여기에서 나에게 일어난 일이 너에게도 일어날 것 같지만 일어나지 않는다는 사실인데 그건 무조건 좋은 일이야."

새 친구와 나는 폭포를 바라봤다. 떨어지는 물줄기의 입자가 얼굴에 톡톡 튀었다. 간간이 모자가 뒤로 날아갔고 새 친구가 모자를 집어다 주었다. 나는 모자를 무릎에 거꾸로 놓고 그 안에 돼지 인형의 다리를 집어넣었다. 그때, 중국인 남자가 너럭 바위에서 내려와서 새 친구와 나는 바위로 올라갔다. 아주 넓었다. 세 명 정도 누울 수 있는 폭이었고, 햇볕을 온몸으로 받으며 폭포를 감상할 수 있었다. 나는 대자로 누웠고, 친구는 책상다리를 하고 앉았다. 나는 돼지 인형이 폭포를 바라볼 수 있도록 내 배에 올려놓고 올드 시티의 한 골목에서 산 베이지색의 그물 모자로 내 얼굴을 덮었다. 누워서 나는 돼지 인형의 배를 만지작거렸다. 한국어에 '가슴을 쓸어내리다'라는 표현이 있다. 안심, 안도, '가슴을 쓸어내리다'를 영어로 번역하면 'relex'로 통일된다. 그러나 '가슴을 쓸어내리다'는 안심과도 안도와도 다르다. 돼지 인형의 복부가 자아내는 감각은 '가슴을 쓸어내리다'와 비슷하다. 나는 스르르 잠에 빠져들었다. 폭포 소리만 들리는 꿈이었다. 아무것도 보이지 않고 소리만 들리는 꿈은 처음이었다. 그저 멀리서 들려오는 폭포 소리. 폭포의 물 줄기는 세지만 멀리 있어서 안전하다. 갑자기 눈물이 흘렀다. 눈물이 주르르 흘러서 바위에 닿았다. 어젯밤 일을 생각하며 나는 모자 속에서 헛웃음을 지었다. 어스름은 또 오겠지. 나는 친구가 쓴 일기를 중얼거렸다.

"눈을 감고 해를 바라보면 세상이 벌겋다."

도망 왔어요. 나는 속으로 말한다. 눈을 감은 채 앞을 바라보았다. 세상이 따뜻한 붉은색이었다. 두 눈을 가늘게 떠본다. 모자의 구멍으로 해가 비쳤다. 햇빛이 내 얼굴 골고루 스며들었다. 내 얼굴은 모자 속에 있지만 세상이 밝다. 그리고 모자를 덮고 있어도 새 친구가 나를 바라보는 게 느껴졌다.

"재밌는 얘기 들려줄까요? 도쿄에 있는 고엔 정원에서 티켓을 끊어주는 검표원 노인에 관한 이야기인데요, 어느 날부터인가, 그는 일본인이 아닌 사람, 그러니까 외국인에게서는 입장료를 받지 않았대요. 2년이 넘도록 거의 16만 장에 달하는 티켓을 공짜로 준 거예요. 그 이유는 그가 일본어밖에 할 줄 몰랐기 때문이었어요. 외국인에게 말을 걸기가 두려워서 그냥 티켓을 공짜로 내준 거죠. 그는 아마 외국인이 매표소에 나타나 티켓을 요구할 때마다 두렵고 초조했을 거예요. 그런 사정을 눈치챈 그의 동료가 그의 행적을 기록에서 삭제해 주었대요. 그런데 또 다른 동료가, 정원의 방문객 수와 나간 티켓 수가 불일치한다는 사실을 발견하고는 정원의 관리부에 그를 넘겼어요.

허공으로 뿌려진 무료 티켓으로 인한 손실은 20만 달러가 넘었대요."

"16만 장……."

나는 중얼거렸다.

"16만 번의 공포를 느낀 거예요."

나는 모자를 벗고 폭포를 봤다. 수만 장의 거친 종이로 만든 한 권의 책인 것처럼 그것을 바라봤다.

해설

그런데 한 장의 책을 영원히 읽을 수도 있다[1]

금정연 (서평가)

-에서 떠나지 않았다. 책을 사랑하는 사람들이 책을 사랑한다는 사실은 널리 알려져 있다. 반면 그들이 싫어하는 것에 대한 이야기는 많지 않은데, 그건 아마 (1)책을 사랑하는 사람들은 무언가를 싫어하기엔 지나치게 선량한 사람들일 거라는 선입견 때문이거나, 반대로 (2)싫어하는 게 너무 많기 때문에 (혹은/그리고) 무언가를 아무리 싫어한다고 해도 딱히 할 수 있는 일이 없는 무능 때문일 것이다. 아니면 단지 (3)그런 걸 궁금해하는 사람이 별로 없어서……

(1)을 조장하는 사람은 사기꾼이다. (2)를 숨길 수 없는 사람은 가난하다. (3)은 사실이지만 그래서 어쩌라고? 1 더하기

---

1. 본문 159p.

2가 3이라는 사실을 부정할 사람은 없다. 내가 말하고 싶은 건 (3)에 속하지 않지만 (1)과 (2) 모두 될 수 없는 사람들이 있다는 거다. 다시 말해, 이미 책을 사랑해 버렸지만 사기꾼이나 가난뱅이가 되기는 거부한 채 "나는 책을 사랑해!"라고 소리쳐 고백하는 것만으로 반짝이는 기쁨을 느끼던 짧은 순간이 지난 후에도 책과 함께 여전히 반복되는 하루하루를 사는 사람들이.

문보영은 그런 사람들을 위한 작가다. 어떤 작가들이 종말-이후-삶을 다루는 것처럼 문보영은 책-이후-삶을 다룬다고 말할 수도 있다. 이렇게 쓰고 보니 둘 사이에 어떤 차이가 있는지 잘 모르겠지만…….

책을 사랑하는 사람들이 싫어하는 오만 가지 중에서 대표적인 건 두 가지다.

1. 책을 사랑하는 사람
2. 책

이는 문보영의 글에서도 종종 찾아볼 수 있는 주제다. "피아노를 연주하는 인력거는 피아노 연주자들을 가장 싫어한다. 같은 방향을 바라보는 게 지긋지긋하다고 그녀는 말했다. 인력거는 무용수나 시인과 결혼하겠다고 선언하곤 한다. 나는 그림을 그리는 그 애가 시인이 아니어서 너무 좋았다. 그 애를 바라보면 문학을 등진 채 문학을 할 수 있을 것 같았다. 시궁창은 뒤로하고 글을 쓸 수 있을 것 같았다. 나는 그런 삶을 소망했다"[2]
나 "난쟁이들은 책기둥을 무너뜨리고 원하는 책을 얻는다. 다시 기둥을 쌓는다. 난쟁이들은 책을 때리고 책을 향해 침을 뱉고 욕설을 퍼붓는다. 그럴 만도 하다, 고 나는 생각한다. 책은 무례하니까. 책은 사랑을 앗아 가며 어디론가 사람을 치우치게 하니까"[3] 같은 구절들을 보라.

당신도 책에 대한 상처가 있나요? 책에 맞은 적이 있나요? 어느 날 갑자기 글자가 칼로 변해 온몸을 찌른 적은 없나요? 저는 책에 두들겨 맞은 적이 있습니다. 끔찍했어요. 책 모서리에 몇 대 맞고 자리에서 정신을 잃었죠. 그날 이후, 책만 보면 칼이나 망치가 떠올랐어요. 아니면 절벽에서 떨어지는 바위요.[4]

그래서 문보영은 두꺼운 양장본으로 요강을 덮고, 추천해 준 책을 너무 재밌게 읽었다는 말에 "번역본으로 읽으면 안 되고, 원문으로 읽어야 돼. 그게 진짜야." 같은 대꾸를 지껄이는 인간에게 피의 복수를 다짐하는 사람들의 이야기를 쓰는 걸까?

오해하면 안 된다. 이는 흔한 위악도, 자기혐오도, 소위 말하는 '지독한 사랑' 같은 것도 아니다. 책의 낱장을 찢어 뭉치처

---

2. 문보영, 《준최선의 롱런》, 비사이드, 2019, 84p.
3. 문보영, 〈책기둥〉, 《책기둥》, 민음사, 2018, 166-167p.
4. 본문 22~23p.

럼 돌돌 말아서 가지고 다니다 읽은 후에는 미련 없이 방목하
는 주인공이 등장하는 〈책말이〉 연작을 처음 읽었을 때 나는
밀란 쿤데라의 《불멸》에 등장하는 달리와 갈라의 이야기를 떠
올렸다. 노년의 달리와 갈라는 토끼를 한 마리 길렀다. 부부는
토끼를 무척 사랑했다. 어느 날 둘은 긴 여행을 앞두게 되었다.
토끼를 데려갈 수도 없고 누구에게 맡길 수도 없는 상황. 좀처
럼 방법을 찾지 못한 채 갈라가 차린 점심을 먹던 달리는 문득,
자기가 토끼 고기 스튜를 먹고 있다는 사실을 깨닫는다. 달리
는 화장실로 달려가 변기를 부여잡고 사랑하는 토끼를 모두 게
워낸다. 하지만 갈라는 사랑하던 존재가 내장 속으로 들어와
천천히 소화기관을 돌다가 마침내 자신의 신체의 일부가 된다
는 사실이 무척 만족스러웠다. 갈라가 보기에 그것이야말로 사
랑의 극치, 절대적인 사랑의 행위였다나 뭐라나.

　하지만 나는 얼마 지나지 않아 내가 오해했다는 사실을 깨달
았다. 문보영의 인물들이 책을 읽기 위해 낱장을 찢거나 라이
터로 불을 붙이는 행위는 사랑하는 토끼와 하나가 되기 위해
스튜를 만든 갈라보다는 차라리 '자의식 과잉 예방하고 건강한
삶을 되찾자' 같은 캠페인에 가깝다. 지나친 공감이나 이입 대
신에 적당한 거리를 유지하기. 〈책말이〉의 주인공은 치앙마이
의 카페에 앉아 오가는 사람들을 바라보며 시간을 보낸다. 그
는 'I Love Chiangmai'라고 적힌 (현지인은 절대 입지 않을) 티
셔츠나 가방을 걸친 여행객을 보며 생각한다.

'*I Love A*'는 〈나는 A에 살지 않아〉라는 의미이고 〈나에게는 A가 없다〉는 뜻이며 〈나는 A를 가져본 적이 없으며, 있더라도 그것은 어디까지나 일시적인 무엇이다〉라는 뜻이다. 무언가를 사랑한다는 건 내가 거기 안 산다는 뜻이고, 나아가 살 수 없다는 뜻인데 이것이 사랑의 한 모습이다.[5]

따라서 책을 사랑한다는 건 우리가 책 속에 안 산다는 뜻이고, 나아가 살 수 없다는 뜻인데 그렇다고 우리가 책 바깥에서 책을 떠나 산다는 뜻도 아니다. 책을 사랑하는 우리는 책장과 책장 사이에 살고, 한 장의 책장을 앞뒤로 뒤집는 행위 속에 산다. 생활 밀착형 비유의 천재 문보영은 이렇게 쓴다.

책이 저절로 열리는 순간은 고무줄이 끊어질 때나 마스킹 테이프의 접착력이 다할 때이다. 책은 '팍!' 하고 열린다. 말려 있던 탓에 완벽하게 펴지지 못하는 그것은 원통의 문이기도 하다. 귀여운 회전문. 회전문의 좋은 점은 들어가는 척하면서 들어가지 않을 수 있고 나가는 척하면서 나가지 않을 수 있다는 점이다. 원하면 그 안에 영원히 갇힐 수도 있다.[6]

그러니까 문보영은 단 한 순간도 책-

---

5. 본문 77~78p.
6. 본문 38p.

각 글에서 참고한 미술 작품

• 〈현관에 사는 사람〉
Salvador Dalí / 살바도르 달리, *Dalí at the Age of Six, When He Thought He Was a Girl, Lifting the Skin of the Water to See a Dog Sleeping in the Shade of the Sea*, 27 × 34 cm, Oil on canvas, 1950

• 〈다족류〉
Salvador Dalí / 살바도르 달리, *The Anthropomorphic Cabinet Sculpture*, 31.8 × 59.7 × 14 cm, Bronze Sculpture with Dark Patina, 1982

• 〈하품의 언덕〉
Salvador Dalí / 살바도르 달리, *Cliffs*, 27 × 41 cm, Oil on wood panel, 1926

• 〈비변화〉
Philippe Halsman / 필립 할스만, *Dali Atomicus*, 25.8 × 33.3 cm, Gelatin silver print, 1948

• 〈비사랑꿈〉
Salvador Dalí / 살바도르 달리, *The Eviction of Furniture-Nutrition*, 17.78 × 24.13 cm, Oil on wood panel, 1934

재수록 리스트

• 〈책말이〉 2, 3, 6
《혼돈 삽화》(2020 서울국제도서전 리미티드 에디션)에 수록된 〈책찢기〉의 일부분을 재수록.

• 〈비변화〉
《내가 너의 첫문장이었을 때》(웅진지식하우스, 2020)에 수록된 〈네가 한 뭉치의 두툼한 원고 뭉치로 보일 때〉의 일부분을 재수록.

지은이 문보영

1992년 제주에서 태어났다. 고려대학교 교육학과를 졸업했다. 2016년 중앙신인문학상을 받으며 등단했다. 시집 《책기둥》《배틀그라운드》와 산문집 《사람을 미워하는 가장 다정한 방식》《준최선의 롱런》《불안해서 오늘도 버렸습니다》《일기시대》 등이 있다. 제36회 김수영 문학상을 수상했다. 손으로 쓴 일기를 독자에게 우편으로 발송하는 '일기 딜리버리'를 운영하고 있다.

하품의 언덕
동네서점 에디션

1판 1쇄 찍음 2021년 5월 10일
1판 1쇄 펴냄 2021년 5월 21일

지은이 문보영
펴낸이 안지미
편집 김유라
표지그림 문보영
디자인 안지미
제작처 공간

펴낸곳 (주)알마
출판등록 2006년 6월 22일 제2013-000266호
주소 04056 서울시 마포구 신촌로 4길 5-13, 3층
전화 02.324.3800 판매 02.324.7863 편집
전송 02.324.1144

전자우편 alma@almabook.com
페이스북 /almabooks
트위터 @alma_books
인스타그램 @alma_books

ISBN 979-11-5992-333-3 03810

알마는 아이쿱생협과 더불어 협동조합의 가치를 실천하는 출판사입니다.

종이 표지_마분지 105g/㎡ 본문_그린라이트 80g/㎡